妹に婚約者を奪われた伯爵令嬢、
実は敵国のス……たことに
誰も気づかな……

プロローグ

「アリスティア、君を僕の婚約者候補から外すことが決まったよ」

「……え？」

それは突然のことだった。

いつものように早起きして、誰よりも早く宮廷に入り、溜まった仕事に取りかかろうと手を伸ばしたその時。

その手を止めるように、扉をノックする音が聞こえて振り返り、声をかける前に彼は姿を見せた。

セイレスト王国第一王子、ルガルド・セイレーン様。次期国王になることがほぼ決定している次代の権力者だ。

この国では才ある者の子を多く残すために、貴族だけが複数人の妻を持つことが許されている。王子である彼にも、複数人の婚約者候補がいた。そのうちの一人が私、ミレーヌ伯爵家の長女として生まれたアリスティア・ミレーヌだった。だけど今、私はその地位を剥奪されようとしている。

困惑する私に、ルガルド王子は言う。

「新しい婚約者候補はすでにいる。父上への報告も済ませておいた。もう君は、僕の婚約者では

妹に婚約者を奪われた伯爵令嬢、実は敵国のスパイだったことに誰も気づかない

Sora Hinokage
日之影ソラ

Sena Tenryoji
天領寺セナ

CONTENTS

なくなっている」

「お、お待ちください、殿下！　ど、どうしてそのようなことに……」

「理解ができないかな？」

そう言って、殿下は私を馬鹿にするような笑みを浮かべる。理解できない表情を見せる私に、彼はため息をこぼしながら首を振る。

「まったく、これだから君はダメなんだ」

「……」

「わからないのかい？　仮にも僕の婚約者候補を三年もしていたというのに、僕の考えが本当にわからないのか？」

「……申し訳ございません」

私は謝る以外にできなかった。

彼が何を考えているのかなんて、私にはわからない。だって、婚約者候補の一人になってから、私と殿下が交わした言葉の数は少なすぎる。

他にもいる婚約者候補に比べて、私は常に後回しにされていた。

放置されていたと言ってもいい。いいや、むしろ私よりもあの子のほうが、ずっと殿下と交流が深いかもしれない。

「わからないようだからハッキリ言ってあげよう。仮にも元婚約者候補だから、あまり傷つけたくはなかったのだけどね」

「……」

ニヤニヤする殿下を見て、私は感じ取る。本当は言いたくて仕方がないのだろう。

彼は表情を隠さぬまま口にする。

「たくさんあるんだ。元より、君との婚約は僕が望んだことじゃない。君の父親、ミレーヌ伯爵がどうしてもと言うから、仕方がなくしてあげたんだよ」

そんなことは知っている。私が殿下の婚約者候補に選ばれた理由は、お父様がそうなるように仕向けたからだ。

当然、私も望んでいない。お父様にとって私は娘ではなく、自身の地位を確立するために都合がいい道具でしかない。

私はお父様に……いいや、ミレーヌ家の人間に嫌われている。

理由はハッキリとわかる。私を生んでくれた母親が……他国のスパイだったからだ。

この国では貴族のみ、一夫多妻が認められている。私の父も、三人の女性を妻にしていた。

そのうちの一人は平民で街の踊り子だった女性で、お父様は惚《ほ》れ込み、自らの妻とした。

お父様と平民の踊り子の間に生まれた子供……それが私だ。貴族の血に、平民の血が混ざることは、貴族たちの中でもあまり快く思われない。

それを理解した上で、お父様はお母様を娶《めと》った。きっと、それだけ惚れ込んでいたのだろうと思う。だけど、全ては計画されたものだった。

お母様は、当時敵対していた国から送られてきたスパイで、王国の内情を調べ上げる任務を担っていたらしい。

それが露見し、激怒したお父様によって追放された。真実は定かではないけど、殺されてしまったのだと、ミレーヌ家の中では噂されている。

それが発覚して以来、お父様は私のことを目の敵にするようになった。

信じていた人に裏切られた直後だったから、少し同情する。けれど、子供の私には関係ない。

お母様が何者でも、私が何かをしたわけじゃない。

体罰を受けたり、残飯を食事にされたり、厳しさを通り越した教育を受けさせられた。

それでも私は、お父様のことを信じていた。少なくともお母様がいなくなる直前まで、お父様は私に優しかった。

いつかきっと、優しいお父様に戻ってくれる。

私がいい子にしていれば、もっとお父様の役に立てるようになれば……と。

「正直最初は乗り気じゃなかったのだけどね。でも君は、最年少で宮廷魔法使いになるという一つの偉業を成し遂げた。その時に少しだけ興味が湧いたんだ」

そう、今の私は宮廷魔法使いだ。

五年程前、私がまだ十四歳だった頃に試験を受けて、最年少で合格した。

当時はそれなりに話題になった。ミレーヌ家から若き天才魔法使いが誕生した、と。

私やミレーヌ家に対する世間の評価は上がった。だけど、そんなことは私にはどうでもいいことだった。

私が望んだのは、お父様に認めてもらうことだけだったから。

優しいお父様に戻ってほしい。その一心で、唯一自信があった魔法の勉強を独学でして、なんとか宮廷入りを果たした。

宮廷は、この国で最も優れた魔法使いたちが集まる場所だと言われている。

そんな場所の一員になれれば、お父様もきっと喜んでくれる。ちょうどこの頃、以前から話に上がっていた殿下との婚約の件が進んだ。

お父様は私にこう言った。


ふっ、こんな下らない女との娘でも、多少は役に立つんだな。


目も合わせず、馬鹿にするように。

私は思った。まだ足りないんだ、と。

お父様に認めてもらうには、宮廷入りだけでは不十分だと悟った。だから頑張った。

毎日毎日、定められた仕事量の倍はこなし、夜遅くまで研究に励んで、王国に役立つ魔導具や新しい魔法を開発した。

国中に認められる功績を残せば、当主であるお父様も鼻が高いだろう。

そうすれば今度こそ認めてくれると信じて……。

「でも興味はすぐに消えたよ。だって君といてもまったく楽しくない。魅力のカケラもないんだよ。女性としての魅力がね」

これまでの道のりを思い返していた私に、殿下は冷たく鋭い言葉を言い放つ。

つまらない女……そう言われてしまった。でも、私は否定できそうにない。

「確かに君は凄《すご》い。魔法使いとして、この国によく貢献してくれていた。そこは認めてあげるよ。よく頑張ったね」

パチパチパチと拍手の音が研究室に空しく響く。言葉では褒めていても、その態度や表情は馬鹿にしている。本心からの賞賛ではないことくらい私にもわかってしまった。

殿下は続ける。

「けどそれは、宮廷魔法使いとして当たり前の仕事をこなしているだけだ。僕の婚約者候補は、いずれ僕の妻になる人物だ。それが仕事しかできない……それ以外に何の価値もない女性であってはならない。そんな女性なら召使いのほうがピッタリだ。そうは思わないかな？」

「……」

「何も言えないかい？　だから君はつまらないんだよ。僕はずっと退屈だった。君みたいな愛想もなくて、仕事だけ。おまけに友人もいなさそうな可哀想な女なんて、見ているだけで不愉快だ」

酷い言われようだ。けれど私も、今の自分に魅力があるのかと問われたら、首を傾げる。

私は自分に自信が持てない。だとしても、ここまでハッキリと罵倒されるなんて思っていなかったから、心に深くナイフが刺さったような痛みを感じた。

殿下は心に刺さったナイフでさらに抉《えぐ》る。

「だから今は晴れやかな気分だよ。君との婚約を解消できて、もっと相応《ふさわ》しい女性と婚約を結べたのだからね」

「相応しい……女性……」

「君にも紹介してあげよう。君にとっても、無関係な人物じゃないからね」

「……」

この時点で私は、新しい婚約者候補が誰なのか予想がついていた。

私と殿下の婚約は、お父様がミレーヌ伯爵家のために交渉した結果得られたものだ。

それを簡単に手放すようなことを、お父様がするはずがない。とことん私を利用して、王族との関係を途切れさせないようにするはずだ。

それなのに、こうも容易《たやす》く話が進み、私が知らないところで決着しているということは……相手は一人しかいない。

「入ってきなさい」

「はい。失礼いたします」

ガチャリ、と扉が開く。

案の定だ。私は目を疑うこともなく、とはいえ小さなため息と一緒に肩の力が抜ける。

「紹介、は必要ないだろう？　僕より君のほうが知っているはずだ」

そう、知っている。私は彼女のことをよく知っている。

なぜなら彼女は……。

「システィーナ……」

「こんにちは、アリスティアお姉様」

システィーナ・ミレーヌ。私より二つ下の妹で、お父様と現在の正妻との間に生まれた娘。彼女はニコリと微笑む。

私から婚約者を奪っておきながら、清々しい笑顔を見せる。

「彼女が僕の新しい婚約者候補だよ。もちろん、君の父上も同意してくれている」

「ごめんなさい、お姉様。まさかこんなことになってしまうなんて……思っておりませんでした」

「……」

わかりやすい嘘だ。表情が悔いていない。

むしろ、私から奪い取ったことを喜んでいるようにも見える。

昔からそうだった。システィーナは私を見下している。

お父様に溺愛され、ミレーヌ家でも優遇されて育った彼女は、私とは対極にある。明るく、女の子らしく、可愛らしい容姿や振る舞いは男性を魅了する。

殿下も彼女の肩に腕を回し、システィーナのことが気に入っている様子を見せつける。

「システィーナは実にいい。君と違って魅力に溢《あふ》れている。やはり僕の婚約者はこういう女性ではなくては困るね」

「いえ、殿下、私なんてまだまだです。もっと殿下に相応しい女性になれるように努力いたします」

「その向上心も素敵だ。まったく、同じ家の人間でどうしてこうも差が生まれるのだろうか？」

「それは仕方がありません。私とお姉様は……お母様が違います」

「ああ、そうだったね。裏切り者の娘か」

私のお母様のことを、殿下やシスティーナも知っている。

二人だけじゃない。貴族の中では有名な話だ。ミレーヌ家は他国のスパイに騙された。

この事実が広まってしまったことも、お父様が私を嫌う原因となった。

月日が経過し、話題にならなくなった今でも、私の存在はミレーヌ家にとって病のようなものだ。自分でもそうだと理解しているから、少しでも払拭できるように努力してきた。

でもどうやらまだ、足りなかったらしい。悲しいけど仕方がない。そう思うのと同じくらい、今はホッとしている。

殿下の婚約者候補として、変に気を遣ったり、意識する必要がなくなる。

私にとってこの関係は重荷でしかなかったから。

「……わかりました。殿下、ご期待に沿えず申し訳ありませんでした」

「ああ、期待外れだったよ」

「システィーナ、私が不甲斐なくてごめんなさい」

「謝らないでください、お姉様。お姉様の代わりに、私がしっかり務めを果たして見せます」

私は二人に向かって頭を下げた。

どうして自分が謝っているのか、正直疑問はあるけど。

私はゆっくりと顔を上げる。

「申し訳ありません。そろそろ仕事を再開したいと思います」

「ああ、その必要はない」

「え？」

「話はもう一つある。システィーナは君に代わって僕の婚約者候補になった。君が担っていたものは全て、彼女が引き継ぐことになる」

引き継ぐ？

何を言っているのかわからない私は困惑する。そんな私に向かって、殿下は言い放つ。

「本日付けで、システィーナ・ミレーヌを新たな宮廷魔法使いに任命する」

「――！　待ってください殿下！　宮廷の規定で、同家で同じ役職に就けるのは一人のみと決まっているはずです！」

「さすがにそのことは知っているか」

宮廷には様々な役職があるが、そのほとんどが貴族出身の者で占められている。

由緒正しき宮廷で働く者は、それに見合った地位の者、もしくは才能溢れる者でなくてはならない。

平民のための一般試験も設けられているけど、かなり厳しい審査があり、宮廷入りできる者は一握りだ。貴族であれども、誰でもなれるわけじゃない。

同じ役職には同じ家名の者が二人以上就くことができないという規定もある。つまり、私が宮廷魔法使いの地位にいる限り、ミレーヌ家の人間は宮廷魔法使いにはなれない。

そのはずだった。

「私がその役に就いている以上、いくら殿下のお言葉であっても」

「心配は無用だ。規定にはちゃんと則っている。要するに君が邪魔なんだ」

「邪魔……」

「そう、邪魔だ。だから君を除名すればいい」

あっさりと、衝撃的なことを口にする。私は目を丸くした。

「除……名？」

「彼女の就任に伴い、本日付けで君から宮廷魔法使いの地位を剝奪《はくだつ》する。その旨が書かれている。よく読んでおくといい」

殿下は私に一枚の紙を手渡す。震えながら手に取り、中身を見て驚愕《きょうがく》する。

国王陛下の直筆で、今しがた殿下が口にした内容が書かれていた。

震える私に、更なる絶望が押し寄せる。

「これだけじゃない。システィーナ、君から伝えるんだ」

「殿下……」

「わかっている。辛いだろうけどこれで最後だ」

「はい」

最後、という言葉が引っかかる。システィーナは少しだけ悲しそうな顔……それも作った表情を見せる。

彼女も何か紙を持っていた。その紙を、ゆっくりと私に手渡す。

「これは……？」

「お父様からお姉様に……内容は、見ればわかります」

彼女は目を逸《そ》らした。

私は書類に目を向け、そこに書かれていた内容に言葉を失う。

「そんな……」

簡潔に一言でまとめると。

お父様からの、私をミレーヌ家から永久追放するという内容だった。

「どうして……こんな！」

「賢明な判断だよ。役割すら失った君はミレーヌ家にとっても不要な存在だ。僕だって迷わず切り捨てる。聡明な当主様でよかったね」

私の手元には二枚の通告書がある。

一つは宮廷、もう一つはミレーヌ家。私はこの日、二つの居場所から追放されてしまった。

「わかるかい？　君の居場所はこの城に……いいや、この国のどこにもなくなってしまったんだよ」

「……そん……な……」

殿下は意地悪な笑みを浮かべ、私のことを見下す。

手から力が抜けて、ひらひらと通告書が床に舞って落ちる。

私は努力してきた。お父様に認めてもらうために必死で。

毎日休まず働いて、国にも貢献してきた。王都の暮らしを支える魔導具を一新したのは私だ。

その魔導具に魔力を供給する装置も、私が改良して効率化させた。

王国の兵や魔法使いが用いる魔法も、私が新しく開発した魔法式を採用している。今、この国で使われている魔法技術のほとんどは、私が作り上げたものだ。

身を削り、ここまでして……。

「私がしてきたことは……なんだったの？」

私は膝から崩れ落ちる。

そんな私に歩み寄り、肩にぽんと手を乗せて、殿下は耳元で囁《ささや》く。

「大丈夫。君が作り上げたもの、この国に残したものは全て彼女が引き継いでくれる。彼女も君に劣らず優秀だからね？」

私はシスティーナに視線を向ける。彼女は私を見下ろしていた。

蔑んでいた。ほくそ笑むように、馬鹿にしていた。

「だからね？　安心していなくなってくれていいんだよ？　裏切り者の娘なんて、この国には必要ないんだから」

「――っ、ぅぅ……」

私は必死に我慢する。零れ落ちそうになる涙を堪えて、勢いよく立ち上がる。

そのまま逃げるように、私は研究室を飛び出した。

「おやおや、壊れちゃったかな？」

「仕方ありませんわ。そういう運命だったのです。お姉様は」

扉を開けて廊下を走る。

二人が最後に何を言っていたのか、私には聞こえなかった。

ここに私の居場所はない。宮廷を飛び出し、王城の敷地を抜けて、王都の街まで駆け出した。

いつもなら屋敷に帰る。だけど、もう帰る場所すら失ってしまった。

とぼとぼと王都を歩く。

家も、職も、これまで積み上げてきた功績も、もう失ってしまった。

私はミレーヌ家の人間ではなくなった。宮廷からも追放された私は、これからどこへ行こうが、何をしようが関係ない。

「――ふぅ」


計画通りだ、全て。


「やっと終わったわ」

私は冷たいため息を零し、振り返って遠くの王城に視線を向ける。

「スパイの娘は必要ない……ね。その通りでビックリしたわ」

私は不敵に笑みを浮かべる。彼らは気づいていない。私がただ、絶望のままに追放されたと思っている。

本当は全て知っていて、こうなることは予測していたのに。

カエルの子はカエル、という言葉があるらしい。

子は親に似るという意味合いだ。まったくその通りだから笑えない。

私の母親はスパイだった。

だから私も――

「気づかなかったみたいね。誰も……私がスパイだってことに」

おかげで難なくこの国から脱出できる。私は人気のない道を通り、自分で作った通信魔導具を起動させる。

イヤリングに偽装して作られた魔導具から声が聞こえる。

「――アリスか」

「はい。予定通り、これから王都を出発します。明日の夕刻にはそちらに到着予定です」

「そうか。ご苦労だった。くれぐれも気をつけて帰ってきてくれ。待っている」

「はい」

通信を終了し、私は空を見上げる。旅立ちにはもってこいな、雲一つない青空だ。

毎日仕事ばかりで空を見上げる余裕すらなかったから、こうして外の空気を目いっぱい吸い込めるのも新鮮で、気分がいい。

「はぁ……さぁ、帰ろう」

私の居場所はここじゃない。

本当のいるべき場所に向けて、私は足を進める。

◇◇◇

セイレスト王国は大陸きっての巨大国家である。

その周囲には隣接する国が八つ存在している。

二十年前に起こった戦争の果てに、そのうち七か国はセイレスト王国と同盟を結び、その隣接国の中で、唯一同盟を結ばなかった国がある。

レイニグラン王国。二十年前の戦争の最大の被害者であり、領土のほとんどを失ってしまった古き元大国。

周辺国家七つの同時侵略を受け、領土の大半を失い、国を支えていた鉱山資源をほぼ全て失ってしまった。

その七つの国々をセイレスト王国が沈静化し、同盟という形で収めたことで戦争は終わった。

レイニグラン王国は、セイレスト王国に救われた。と、セイレスト王国の歴史ではそう語られている。だけど、実際は違う。

レイニグラン王国を侵略した七つの国家は、最初からセイレスト王国の傀儡だった。

全ては仕組まれたことだった。

その事実にレイニグラン王国が気づいたのは、全てが奪われた後だったという。

そして――

今ではこの、王都だけが唯一残された。

国の規模に対して王都が広く綺麗なのは、元々大国だったが故。しかし国民の大半はセイレスト王国や他国に逃げてしまい、王都と呼ぶには賑わいが足りない。

私は少し寂しい城下町を抜けて、王城へと入る。

門を守る騎士にも止められない。私が身に着けている魔導具の効果で、彼らは私に気づけない。

唯一気づけるのは、対となる魔導具の所持者のみ。世界でその魔導具を持っているのは、一人だけだ。

「お帰り、アリス」

廊下で声をかけられて、振り返る。

そこに彼はいた。

銀色の髪と青い瞳をきらめかせ、さわやかに優しい笑みを浮かべて。

「ただいま戻りました。レオル殿下」

声は通信魔導具で何度も聞いていた。だけどこうして、直接顔を合わせて話すのは何年ぶりだろうか。

感動と同時に、様々な思いが込み上げてくる。

「部屋へ行こう。ゆっくり話がしたい」

「はい。私もです」

◇◇◇

彼との出会いは偶然だった。いいや、今は運命だとすら思っている。

私が十歳の頃、一人でセイレスト王国王都の図書館に通い、魔法の勉強をしていた時、彼はやってきた。

「魔法の勉強をしてるのか？」

「え、あ、はい」

「凄いな！　まだ子供なのにこんな難しい本が読めるんだ！」

何気ない一言だったけど、私は嬉しかった。周囲から罵倒される毎日を送っていた私にとって、彼の言葉は光そのものだった。

聞けば彼は父親のお仕事の付き添いで王都に訪れているらしい。

一か月ほど滞在していて、彼は毎日のように図書館に訪れ、私とお話しをしてくれた。

「私……大きくなったら宮廷に入るの」

「宮廷か！　アリスならなれるよ！　だって天才だからな！」

「天才……？」

「凄い奴ってこと！　俺も負けてられないな！」

彼がレイニグラン王国の王子だと知ったのは、彼が国へ帰る前日のことだった。

驚いたし、なんて恐れ多いことをしていたんだと思った。けれど彼は笑って、友達として接してくれた。

それが何より嬉しくて、この繋がりを失いたくないと思った。

そして最後の日……。

「これ、使ってほしい」

「イヤリング？」

「遠くにいても、お話しができる魔導具……作ってみたの」

「アリスが！　凄い！　貰っていいの？」

私はこくりと頷いた。すると彼はすごく喜んでくれた。

「ありがとう！　これで離れていても、また話ができるな」

「う、うん！」

彼も同じ気持ちでいてくれたらしい。私とお話しをして、彼も楽しいと思ってくれていたんだ。

それから月日は流れ――

◇◇◇

私たちは成人し、こうしてレイニグラン王国の王城で向かい合っている。

「懐かしいな。君と出会って、もう九年か」

「そうですね」

「堅苦しくする必要はないぞ？　ここには俺たちしかいないんだ。いつも通りでいい」

「――ええ」

私たちは今でも友人だ。離れていても、身分の違いはあっても、それは変わらなかった。

レオル殿下……ううん、レオル君は優しい。

同じ王子でも、ここまで差があるのかと思えるくらい優しくて、聖人みたいな人だ。

彼と友人になれた幸運を、私は心から感謝している。そして、見捨てられるだけだった私に、手を差し伸べてくれたことも。

「改めて、ありがとう。おかげで帰る場所を失わずに済んだわ」

「礼を言うのはこっちだ。いや、謝罪すべきだろうな。君には辛い役目を与えてしまった。すまない」

「謝らないで！　これは……私が望んだことよ」

「アリス……」

レオル君が気に病むことじゃない。

むしろ感謝している。もし彼が私をスパイに誘ってくれなかったら、今頃路頭に迷っていただろう。

「三年前……お父様が、私を追放する計画を立てていると知った日から、あの家にも宮廷にも未練はなくなったわ」

頑張ればお父様も認めてくれる。そう思っていた私は、三年前に死んだ。

お父様は私を、本気で道具としてしか見ていなかった。

私が宮廷入りした時から、いずれシスティーナにその座を継がせ、私を家から追い出す計画を立てていたのだ。

偶然にもそれを知った私は絶望して、レオル君に相談した。その時に初めて、セイレスト王国とレイニグラン王国の関係性と真実を知った。

私がスパイになったのもその時だ。

「今日までしっかり準備してきた。私が作り上げた魔導具、魔法式も浸透している。彼らは気づいていないでしょうけど、今も私の掌の上よ」

三年前にスパイになった日から、私の生きる意味は変わった。

お父様も、宮廷も、王国も関係ない。私に唯一、手を差し伸べてくれたレオル君の期待に応えたい。そして、役目を終えたその先で――

安らかに、のんびり暮らしたい。

私の願いはそれだけだ。

レオル君は、私のささやかな願いを守ると誓ってくれた。

何度も裏切られてきた私だけど、彼だけは一度も私に嘘をつかなかった。だから最後に、彼だけは信じようと思う。

「セイレスト王国に奪われた資源も、人も、これから取り戻してみせるわ」

「ああ、そのために俺も準備を進めてきた。必ず取り戻してみせる。君にはまだまだ手伝ってもらわないといけないが……」

「もちろん協力するわ。そのために戻ってきたんだから」

「ありがとう。アリス……」

感謝の言葉を口にしたレオル君は、いつになく優しい表情を見せる。

じっと私の瞳を見つめ、柔らかく、とろけそうな声で言う。

「今日まで本当に、よく頑張ってくれたね。君がいてくれてよかったよ」

「――！」

ずるい、と思った。

労いの言葉をかけてくれる人は、あの国には一人もいなかった。私がどれだけ頑張っても、褒めてもらえない、認めてもらえない。

認めてほしかった人には、見向きもされていなかった。そんな私に、心からの感謝をくれる。

私がいてくれてよかったと、まっすぐに目を見つめながら言ってくれる。

「ここはもう俺の国だ。この部屋にも俺たちしかいない。だからもう、その涙を我慢しなくていいんだぞ？」

「……」

「腹が立ったら怒ればいいし、悲しい時は泣けばいいんだ。俺は情けないなんて思わない。俺の前でくらい弱さを見せてくれ」

「……っ、ぅぅ……」

ここまで言われて、堪えるなんて無理だ。私の瞳から大粒の涙が零れ落ちる。

「私……頑張ったのに……」

「ああ、よく知ってる」

子供みたいに涙を流す私を、レオル君がそっと抱き寄せてくれた。

彼の胸の中は温かく、落ち着く。

ずっと我慢してきた。スパイになると決めた日、それよりずっと前からだ。

辛くても、苦しくても、泣いたりしない。もっと努力すれば誰かが認めてくれる。

甘い考えだとわかってからも、私は耐え続けていた。意味のない努力にも、心無い言葉にも。

ようやく解放された。

私はいろんなものを失った。だからこそ、この手に残ったものを失わないために……。

「私……もっと頑張るから」

「俺も一緒に戦う。見せてやろう、あいつらに。君を切り捨てたことが間違いだったと教えてやるんだ」

「――ええ、必ず」

ここから始まる。私の、私たちの物語は。裏切られっぱなしの人生に、大きな裏切りの花火を打ち上げてみせましょう。

◇◇◇

アリスティアを追放したことにより、後任として妹であるシスティーナ・ミレーヌが宮廷魔法使いに着任した。

彼女は姉が宮廷入りを果たした直後から、当主の命令で魔法の修練を積んでいる。

そしてたった二年足らずで基礎的な技術を身に着け、魔法使いとして平均的な実力を手に入れた。彼女には魔法使いとしての才能はあった。

それ故に、当主である父はアリスティアを追い出す計画を進めたのだ。

彼女に働かせ、様々な功績を生み出させ、その全てをシスティーナに引き継がせる。

そうすれば功績だけが残り、不要な汚点は排除できる。

ミレーヌ家にとって、父親にとって、スパイとの間に生まれた子供など汚点以外の何ものでもなかった。

いくらアリスティアが努力しようと、すでに父親の心に愛はない。

利用価値があったから、これまで追い出さずにいただけのことだった。

システィーナ自身も、姉のことを見下していた。

自分より劣っている存在が、姉としていることを快く思っていなかった。

宮廷入りしたことへの対抗意識もあっただろう。無能な姉を利用し、追い出すことに何の躊躇《ちゅうちょ》もなかった。

婚約者候補であるルガルドも、ミレーヌ家の事情は知っている。

伯爵令嬢とはいえスパイとの子供と婚約するなど、彼にとってもメリットは少なかった。が、ここでミレーヌ家当主の話を聞く。

いずれアリスティアは消え、システィーナが全てを手に入れる計画を。だから彼も計画に賛同した。

平民の子供とはいえ、アリスティアが王国にもたらした影響はそれなりに大きい。ただ失うだけではもったいない。

ならば働かせるだけ働かせて、成果は最後に奪ってしまおう、とルガルドも考えた。

そして三年後の現在、ついに計画は実行された。

それぞれの念願は叶い、システィーナは全てを手に入れ、そのシスティーナとルガルドは甘い時間を過ごす。

——はずだった。

「こ、こんな量を一人で……間違っていませんか？」

「いえ、これで全てです。前任者が担当していた業務がこちらになります」

さっそく問題が発生する。

姉に代わって請け負う仕事量が、システィーナの想像を超えていた。

「い、いきなりこの量は……」

「それは困ります。前任者の業務を完全に引き継ぐ。そういう契約で、特別に宮廷入りを許されたはずです。殿下もそのおつもりで、あなたを任命したと思いますが？」

「……」

宮廷魔法使いの室長の言葉に、彼女は言い返せない。

本来は既定の試験を受けることでのみ得られる宮廷付きの称号。

今回は特例により、前任者の不在を埋める形でシスティーナは着任した。

これを国王陛下も、ルガルドも同意している。つまり、彼女には与えられた仕事をこなす責任がある。

この……通常の五倍の量はある仕事を。

「そんな……」

これもアリスティアの計画のうちだった。システィーナの自由を奪うほどの仕事を残して去ることも。全ては計画され、計算されていた。

だが、まだ序の口。本番はここから。

彼女たちは知らない。

本当に裏切られていたのはどちらなのか。

レイニグラン王国の現状は芳しくない。人口はかつての十分の一以下まで減少し、現在も減り続けている。

国土の九割を他国の侵略によって奪われたこと、その領土の中に国にとって最大の資源であった魔晶石の鉱山があったことが理由として大きい。

魔晶石は、魔導具を稼働させるための燃料になる。

生活のあらゆる場面で魔導具が活躍する現代において、魔導資源は最も重要なものと言える。

かつてレイニグラン王国が大国に名を連ねていたのは、これを多く保有していたからだ。

しかし、戦争に負けたことで強みを失い、人々は王国を見限った。

それでも責めることはできない。

彼らも生きるために必死だったのだから。

「──今もなお、人は戻ってきていない」

「ええ」

私とレオル君は二人きりで、今後すべきことについて話し合いをしていた。

まずは現状の確認だ。生まれてからずっとセイレスト王国で暮らしてきたから、私はレオル君がいるレイニグラン王国について詳しいわけじゃない。

これから一生かけて暮らす場所のことを、今のうちに知っておきたかった。

「聞きたいことがあったら何でも聞いてくれ。君には絶対に嘘をつかない」

「知っているわ」

これまで一度も、レオル君は私には嘘をついていない。だから私は信じてみようと思えたのだ。

レオル君なら、私が願う理想をわかってくれる気がして。

「じゃあ先に、聞きづらいことから聞いてもいいかしら？」

「ああ、もちろん」

この時点で彼も、何を聞かれるのか悟ったのだろう。

眉を顰《ひそ》め、少し元気がなくなる。それを理解した上で、私は躊躇なく尋ねる。

「国王陛下の容体について教えてくれないかしら？」

「……聞かれると思った」

「ずっと気になっていたのよ。倒れたと聞いた日から」

「なら、随分待たせたな」

彼の父であり、現レイニグラン王国の国王、レグザ・レイニグラン。

齢五十を過ぎた頃から、体調を崩すことが増えたという。

ちょうどレオル君を連れて、私の生まれ故郷であるセイレスト王国に滞在していた頃からだったらしい。

「不治の病……なのでしょうか？」

「ああ。医者にも診てもらったが、手の施しようがないらしい。今も衰弱し続けている」

はじめは風邪のような症状からだった。

次第に熱を出す頻度が増えて、身体が思うように動かなくなる。そうして筋肉が急激に衰え、痩《や》せ細った体に変貌した頃には、立つことすらできなくなっていた。

レオル君の話では、この一年はベッドの上で過ごされているらしい。

「最近では一日中眠っていることも増えた。医者の話によると……年は越せないだろうと……」

「……そう」

予想はしていたけど、思った以上に空気が重たくなる。レオル君の母親は、彼が生まれてすぐに病気で亡くなっているそうだ。

彼は父親に、大切に育てられた。

国が大変な時期に生まれた子供だったにもかかわらず、愛情いっぱいに育ててもらったと、よくレオル君が私に話してくれた。レオル君は父親を心から慕っている。

そんな関係を、私はひそかに羨ましいと思っていた。

「俺が小さい頃からずっと無理をしていた。失った領土を取り戻すため、何度もセイレスト王国を訪問して、その度に厳しい言葉を貰っていたよ」

「セイレスト王国には奪った土地を返す気なんてなかったでしょうね」

「ああ、こちらに持ちかけられたのは同盟の話だった。けど内容は、どう見てもセイレスト王国の下につけというものだった。だから父上も首を横に振ったんだ」

「賢明だわ。もし受け入れていたら、この場所すらなくなっていたでしょうから」

セイレスト王国は他国を使い、当時肩を並べる大国だったレイニグラン王国を侵略した。

表向きには、七か国の侵略を受けたこの国を、セイレスト王国が救ったように見せかけるために。これによりレイニグラン王国の国民の大半がセイレスト王国へ移住した。

彼らは気づいていない。この戦争が全て仕組まれていたことに。

民衆の心さえも、彼らは利用した。最後に王国そのものを取り込んで、全てを掌握する気でいたに違いない。

「この国を終わらせるわけにはいかないと、父上は断固として同盟を受け入れなかった。その後も戦いは続いたよ。水面下で、父上は戦い続けていた……」

その無理が余計に症状を悪化させたのだろう、とレオル君は悲しそうな表情で説明する。

陛下が患った難病は、動けば動くほど筋肉が破壊されてしまう。

私たちは食事をして、身体を鍛え休憩することで回復するけど、陛下の難病はそのサイクルを破綻させる。

食事によって得られた栄養は筋肉へ届かない。回復する材料がなければ、筋肉は傷つき続けるのみ。

それ故に、無理をすればするほど、身体は動かなくなってしまう。

「父上は動けなくなる直前まで抗い続けていた。セイレスト王国にも、自分の病気にも……俺は……見ていることしかできなかった」

「そんなことないわ。レオル君が頑張っていたこと、私は知っているもの」

「アリス……」

国王陛下が満足に動けなくなる前から、彼は王子としてやるべき責務を果たしていた。

国の財政を立て直すために走り回り、遠い国々にまで赴《おもむ》き支援を頼んだり、新たな地で資源発掘にも取り組んでいた。

その全てが上手くいったわけじゃない。むしろ、失敗のほうが多いと彼の口から聞いている。

それでも、彼が必死に走り回ったおかげで、この国に残ってくれた国民も少なくない。

私だって同じだ。

レオル君がそうまでして守りたいと努力しているから、この国で一緒に戦いたいと思えた。

「今日からは私もいる。一緒に、陛下に見せてあげましょう。この国が元通りになる様子を」

「――ああ」

さっきは私が涙を流し、今度はレオル君の瞳から涙が零れる。お互い、泣くのはこれで最後にしたい。

次があるとしたら、全てを成し遂げた時の……嬉し涙であってほしい。

情報交換を終えた私たちは、部屋を出て王城の廊下を歩く。

広さや作りはセイレスト王国と似ている。だけど決定的に違うのは……。

「静かだわ」

王城にほとんど人の気配がない。使用人や従者たち、護衛の騎士の姿が極端に少ない。

これならミレーヌ家で働いている人間のほうが多いのではないかと疑ってしまう。

「王城の人間も半数が辞めてしまったからな。こんな状況でも残ってくれている者たちには感謝しかない」

「出て行った人たちには？」

「……仕方がないと思っているよ」

少し意地悪な質問だったと自覚している。

優しい彼が、国を出て行った人たちを悪く言うはずがないのに。ただ、まったく何も感じていないわけじゃなさそうだ。

僅《わず》かに戸惑いと憤りを感じた。そのことに、少しだけホッとしている自分がいる。

「着いたぞ。ここだ」

レオル君が立ち止まる。目の前には仰々しく豪華《ごうか》な扉があった。

明らかに他の部屋と違う。

「この部屋にいらっしゃるのね」

「ああ、わかっていると思うが、会話は期待しないでくれ」

「ええ」

最初にノックをする。レオル君が呼びかけても、中から返事は聞こえない。

数秒待って、レオル君がゆっくりと扉を開ける。

そこは寝室だった。医療関係の魔導具がずらっと並び、大きな屋根付きのベッドが一つある。

布団をかぶり、眠っている一人の男性がいた。

顔はしわくちゃで、見るからに痩せ細っている。

「この方が……」

「会うのは初めてだったな？　紹介するよ。俺の父だ」

現国王レグザ・レイニグラン。今年で六十を超える国王の素顔。

とても生きているとは思えない。

呼吸は静かで、今にも止まってしまいそうなほど心臓の鼓動は弱々しい。

生きているはずなのに、ここまで生気を感じない人を見たのは初めてだった。

驚きと同時に、悲しい気持ちになる。言葉でしか聞いていなかった姿が、こうして現実のものとなって現れた。

今年が最後という医者の言葉も、間違いではなさそうだと……素人目にも理解できてしまう。

「最後に起きたのは三日前だ。五分ほど目を開けて、少しだけ話ができた」

そう、嬉しそうに語るレオル君を見て、余計に悲しくなる。

たった数分の会話を喜べる。別れの瞬間が、刻一刻と迫っている証拠だ。

「ありがとう。国王陛下に会わせてくれて」

「いいんだ。俺も君のことを紹介したいと思っていたんだ。ずっと話してはいたんだけど、ようやく夢が叶ったよ」

「こんなの、夢でもなんでもないわ」

こうして顔を合わせる機会を私も待ち望んでいた。

願わくは一言くらい交わしたかったけど、それすらも高望みだと理解している。あまり眠りの邪魔をしてはいけないと、私たちは早々に部屋を出ようとした。

その時、奇跡が起こる。

「――レオル、か……」

「――!」

扉のほうへ歩き出そうとしたタイミングで、背後から声が聞こえた。

小さくかすれた声で、陛下はレオル君の名を呼んだ。

慌てて私たちは振り返る。ベッドで眠るその瞳が、ゆっくりと開いた。

「父上！　お目覚めになられたのですね」

「……ああ、レオルか」

「はい！　父上」

「……君は……」

虚ろな表情で、首を動かし陛下が私と目を合わせる。

なんて弱々しい瞳だ。王国を代表する人の姿とは思えない。私は緊張よりも同情が強くなって、自分でも上手く表情が作れていないのがわかる。

「彼女がアリス、アリスティアです」

「ああ……そうか。君がレオルと仲良くしてくれている子……なんだね」

「――はい。レグザ陛下、お会いできて光栄です」

「私の、ほうこそ……会えて嬉しい」

そう言いながら、陛下はニコリと微笑んでくれた。優しすぎる笑顔に心がぎゅっと締め付けられる。

「ずっと……会ってみたかった……レオルが、君の話を……よくしてくれていたから……遠い地で、友人になってくれて……ありがとう」

「そんな、感謝しているのは私のほうです。殿下と出会えて私は幸運でした」

「そう言ってくれるか……ああ、よかった。聞いていた通り、まっすぐでいい子じゃないか」

「――」

生まれて初めて言われた。

ただの言葉でしかないのに、どうしてこんなにも心を揺さぶるのだろう。

嬉しかった。レオル君みたいに、私のことを認めてもらえた気がして。

「私のセイレストでの活動、陛下が許可してくださったと聞いております。殿下のお誘いと、陛下のお言葉があったからこそ、私はこうして生きています。ですから必ず、この恩に報いる働きをしてみせます」

「……そう、頑張りすぎなくてもいい。君も、レオルも、まだ若い……この国に、縛られる必要は……ないんだよ」

「いいえ、陛下。私はこの国を取り戻します。それが……レオル殿下の願いですから」

私はレオル君に視線を向ける。同意を求めるように。

「そうです、父上。俺たちの願いは一緒です。だからこの地に彼女は来てくれた。俺の無茶な誘いにも応じてくれた。今一度誓います。父上が守ろうとしたこの国を、俺たちが取り戻してみせると。だからそれまで……」

「待っていてください。陛下に、賑やかなこの国をお見せします」

「――ああ、そうか」

私たちの決意を聞き、陛下は再び眠りにつく。

どこか安らかで、満足しているように見えたのは、きっと気のせいじゃない。

眠る直前、微かな声で聞こえたのは……。

期待しているよ。

紛れもなく、私たちへ向けられた言葉だった。

◇◇◇

陛下と話し終えた私は、一人先に部屋を出る。レオル君が医者を呼び出し、陛下の容態を確認してもらっている。その間はじっと外で待機していた。

ガチャリと扉が開くと、医者とレオル君が顔を見せる。

医者はレオル君にお辞儀をして、一人で廊下を歩いていった。

「国王陛下は？」

「大丈夫だ。見てもらったけど、今のところ変化はないらしい」

「そう」

私は立ち去る医者の後ろ姿を見つめる。無精髭に鋭い目付きと皺だらけの顔、しゃがれた声。

ご年配の方かと思ったら、案外若そうな雰囲気のようにも感じる。

けれどどことなく、善良な医者には見えなかった。

「カリブ先生のことなら心配するな。見た目は怖いけど頼りになる先生だ。この国がこんなことになる前から宮廷で働いていて、今でも残ってくれている人だぞ」

「……そう。相当な物好きなのね」

「かもな。だから大丈夫だ」

「……だといいわ」

なんとなく引っかかったけど、レオル君が信用しているなら心配は野暮《やぼ》だと思った。

私たちはレオル君の執務室へと場所を移す。情報交換に、陛下との顔合わせも終わった。

レオル君が言う。

「本格的に動き出すぞ」

「ええ」

ここから奪われたものを取り戻す。そのための準備は入念にしてきた。

悟《さと》られないように、失敗しないように。ようやく行動に移せる。そう思うと、不謹慎だけど少しだけワクワクしてしまう。

「さっきも説明したが、今この国でもっとも危機的状況にあるのは、魔力エネルギーだ。現代において欠かせない生活魔導具に使う魔力が圧倒的に足りない」

深刻な表情で話すレオル君に、私は頷いて理解を示す。

生活魔導具とはその名の通り、日常生活に用いられる魔導具のこと。

大昔の魔導具は兵器としての役割しかなかった。

そこから発展し、生活のあらゆる場面で活用され、現代では人々の生活に欠かせないものとなっている。キッチンの炎、シャワーの水、部屋の灯り。その全てが魔導具で形成され、それらを稼働する魔力は魔法使いではない一般人では補えない。

故に、大きな街では必ず一か所以上、魔力を生成、送信するための特別な施設が設けられている。

「この国にも『発魔所』はあるんでしょ？」

「ある。だが魔力を作る資源がない。魔晶石の採掘場所は、ごそっとセイレスト王国に奪われてしまったからな」

魔力は本来、どこにでも存在するエネルギーだ。

私たち人間の体内で生成されるように、植物や動物、一部の鉱物からも生成され自然に流れ出る。大自然の中でも魔力濃度が濃い場所では、魔力が結晶化する。

それこそが魔晶石という魔力を宿した結晶だ。この結晶が魔導具のエネルギー源、コアと呼ばれる部品になる。

魔晶石から蓄積された魔力を吸い出し、魔導具のエネルギーにしている。

街で使われている魔導具は発魔所に接続され、魔力エネルギーは特殊な配線を通って供給されている。要するに、エネルギー源のコアと効果を発揮する器が別々に存在しているタイプだ。

「魔晶石の採掘場所はもう完全に残っていないの？」

「発見されていた場所は全て奪われた。今は新しい採掘場所がないか探索してもらっている。が、残念ながらまだ見つかっていない」

「そう。なら手っ取り早くエネルギーをもらってくるしかないわね」

魔晶石が生成される条件はそれなりにシビアだ。王国の長い歴史の中で見つからないものを、今になって発見できるかは怪しい。

新しい採掘場所は期待できないだろう。

「簡単に言ってくれるが、可能なのか？」

「ふふっ、そのために準備をしてきたのよ。念入りに……ね？」

私は自分でわかるくらい、表情がにやけた。

そんな私を見てレオル君が言う。

「悪い顔をしてるな」

「実際悪いことをするのよ。ダメだと思うなら止めてもいいわ」

「いいや、止めないよ。どんな方法でも、この国の人たちを救えるのなら頼む」

覚悟はできている。そういう表情をレオル君は見せてくれた。

今さら聞くことでもなかった。

私をスパイに勧誘してくれた日から、彼は覚悟を決めていたはずだ。

この国のため、なんでもすると。私も、その覚悟について行くことを決めた身だ。

躊躇《ためら》いはしない。

「さっそく始めるわ。この国の発魔所の場所を教えてもらえる？」

「俺が案内しよう。どうやってこの危機を乗り越えるのか……俺も見てみたい」

「ぜひ見てほしいわ。レオル君に、私の三年間の努力を」

◇◇◇

レイニグラン王国の発魔所は、王城の敷地内に併設されていた。

騎士団隊舎と宮廷の真横。仰々しい倉庫を大きくしたような建物がある。

「ここだ」

彼に案内されて中へと入る。

室内は天井が高く、身の丈の三倍はある大きな魔導設備がずらっと並んでいる。

一目見て、これが魔力を生成して送り出す装置なのはわかった。

わかったのだが……。

「随分と古いものを使っているのね」

「そうなのか？　悪いが魔導具に関してはさっぱりなんだ」

「かなり古いわ。たぶん、二世代以上前の型式ね。セイレストで使っていた設備と性能的に差があるわ」

魔導具には必ず、魔晶石から魔力を吸い出す魔法式が組み込まれている。

その式との相性や、組み込んだ魔法使いの熟練度によって、魔力の吸収効率が変化する。

長い歴史の中で魔導具技術も発展、進化してきた。より高速に、最大出力の魔力が生成できるように。だから古い型式の魔導具は、それだけで効率が悪かったりする。

「これは替えないといけないわね……」

「設備をか？　それはかなり大掛かりな……」

「大丈夫よ。組み込まれている式だけ書き換えればいい。ちょうどいいし、全部まとめて新しくしましょう」

「やれるのか？」

レオル君の問いかけに、私は自信たっぷりな表情で応える。

「もちろん。自慢じゃないけど、セイレストの魔導具環境を一新したのは、私だったりするのよ」

セイレストの発魔所は、私が考案した新しい魔法式で動いている。

より効率的な魔力吸収と、生成した魔力を増幅する式を織り込んで、発展的なデザインに仕上げた。

そのおかげで、セイレストは生活に使う魔力以外に、様々な分野で使える魔力量を手に入れた。研究、軍事利用、貯蓄。

魔力エネルギーが増えることで、生活だけでなく国のあらゆる分野が潤った。そして今も、彼らは私が頑張って作り上げたシステムに頼っている。

「私が作ったんだし、どこでどう使っても私の自由よね」

そう自分に言い聞かせるように、私は古い魔導設備と向き合う。

「二日もらえる？」

「二日でいいのか？　もっとゆっくりでもいいんだぞ？」

「十分よ。これくらい……向こうでの嫌な仕事に比べたらへっちゃらだわ」

嫌がらせばかりされ続けて、仕事中も気が抜けなかった。

楽しかった思い出は一つもない。だからこそ、今からすることに躊躇いはなく、やりがいすら感じている。

「私に任せて。必ず、あいつらから奪い返してみせる」

「ははっ、頼もしいな。でも無理はするなよ。俺にも手伝えることがあったら何でも言ってくれ」

「ええ、ありがとう」

その言葉だけで十分だ。セイレストの宮廷じゃ、一度もかけてもらえなかった言葉だから。

たった一言でも、レオル君に言ってもらえば元気が出る。

「さぁ、大仕事ね」

こうしてレイニグラン王国での生活が始まった。

レオル君の計らいで、私は王城の一室を生活スペースとして使うことになった。

役職は同じく、宮廷魔法使い。王城の方々に簡単な紹介だけしてもらって、私は本格的に作業を始めることにした。発魔所に入ると、警備の若い騎士が挨拶《あいさつ》をしてくれる。

「お疲れ様です！　アリスティア様！」

「こんにちは。今から作業に入ります」

「はい！　お気をつけて！」

王城や宮廷で働く人間には、すでに私のことは認知されていた。レオル君があらかじめ、私が到着する前から話は通してくれていたらしい。

国がこんな状況になっても残っている人たちだ。

相当なお人好しばかりだろう。

素性も確かじゃない私のことを、すんなり受け入れてくれた。

「お人好しばっかりだから、いろいろ持っていかれちゃったのかもしれないわね」

なんて皮肉をぼそりと口にしながら、私は作業を始める。

まずは魔導具に刻まれている魔法式を一度削除する。

一気にやると街の人たちの生活がストップするから、少しずつ分けて作業していく。

書き換えるのは私がセイレスト王国で使っていた魔法式。でも、少しだけアレンジしてある。

「ふふっ、今から楽しみね」

セイレストの人間が驚く姿が直接見られないのは残念だけど。せいぜい困ればいいわ。

自分でも悪い顔をしているのがわかる。だけど自業自得だ。

身を粉にして働いていた私を、私利私欲で利用して追い出したんだから……。

ちゃんと報いを受けてもらおう。


そして、あっという間に二日が経過した。

◇◇◇

私はレオル君を発魔所に招待した。足を運んでくれた彼に向けて、堂々と宣言する。

「見ての通り、完成したわ」

「おお……とは言っても、素人目にはあまり変化がわからないな」

「そうね。見た目は変わっていないわ」

古い外観はそのまま使い、中身だけが一新されている。

具体的に何が変わったかは、見てもらったほうが早いと思った。

「こっちを見てほしいの」

「ここは……魔晶石を入れる部分か？」

「ええ、さすがに知っているわね」

「何度も見ているからな」

「じゃあ気づかない？　大きな変化があるわ」

私はあえて自分の口からは言わない。

驚いてもらいたいから、彼に気づいてほしい。

レオル君はじっと覗き込む。魔道具の側面には大きな穴が開いていて、そこに魔晶石を放り込んで魔力を吸収する。本来ならば。

「中身が空っぽだ。でも――」

「動いている……でしょ？」

気づいてくれたらしい。

燃料となる魔晶石が一つも入っていないのに、今も問題なく魔力を生成し、国の各地へ送信している。

レオル君は目を丸くして驚いていた。

「一体どうなって……魔晶石もないのに、どこから魔力を？」

「答えは簡単よ。私が元々働いていた国から、もらってきているの」

「セイレストから？　どうやって？」

「ちょっと難しいのだけど、そうね。簡単に説明すると、向こうの発魔所も私が考案した魔法式を採用しているから……」

説明を続ける。私が考案した魔法式には全て、私しか知らない特別な使い方がある。

対となる魔法式を用意することで、遠隔操作が可能になり、魔法式同士を見えない回路で繋ぐことができる。

より簡単に表すなら、遠く離れていても相手の声が送受信できる通信魔導具と同じ。離れていても、セイレスト王国で作られた魔力を、この地へ移動させることができる。

「そんなことが……ここまでかなりの距離が離れているんだぞ？」

「中継地点を設けているわ。さすがに一発でこっちに届けるのは無理だったから」

二つの国の間に三か所、魔力を受け取るための中継地点がある。わからないように自然の中に隠し、誰にも場所は教えていない。

「いつの間に……」

「三年も時間があったわ。それに……あの人たちは私が何をしていても、大して興味を示さなかったから。おかげで動きやすかったわ」

最後まで誰も気づくことはなかった。

みんな嬉しそうに、私が作り出した都合のいい魔法式を活用している。

今となっては滑稽ね。私のことを散々利用してくれたんだから、今度はこっちが利用させてもらうわ。

「これで魔晶石がなくても、今の王都で必要な魔力量は補えるわ」

「思った以上に……凄いな。こんな方法であっさりと解決するなんて」

レオル君は驚きながら魔導具を眺める。

私はニヤリと笑みを浮かべる。

「まだよ。これだけじゃ終わらないわ」

「どういう意味だ？」

「他にもあるってことよ。私が残してきた財産は」

さて、彼女は気づくかしら？

◇◇◇

アリスティアが追放された宮廷、その一室では悲鳴が上がっていた。

「……終わらない」

山積みになった書類を睨《にら》むのは、彼女の後任となったシスティーナ。

アリスティアが残していった通常業務に押しつぶされ、毎日遅くまで働いていた。

あまりの忙しさに、婚約者候補と会う時間すらない。

それと合わせるように、ルガルド王子も忙しくなってしまった。

結果、彼女は一人で仕事に励むしかない。弱音を吐きたくとも許されない。なぜなら彼女は、多くの期待を背負っている。

トントントン。

ノックの音に続いて、女性の声が響く。

「システィーナさん、入りますよ」

「はい」

声で誰かはすぐにわかる。宮廷魔法使いを束ねる室長だった。

彼女は身分や世情に流されず、対等に接する。

仕事の分配も、各人の裁量に合わせた適切な量を任せていた。が、システィーナの場合は事情が少々違う。

なぜなら彼女は、アリスティアの後任として特別に選ばれた。

それ故に、与えられる仕事量も、期待も、全てアリスティアと同じ基準である。

「どうされましたか？　見ての通り私は仕事中ですが」

「そんなことはわかっています。システィーナさん、発魔所の設備の調子が悪いようです。どうも生成される魔力量が基準より三割ほど減少しているとか」

「は、はぁ……それがどうしたのですか？」

「わかりませんか？　あなたに修繕の依頼を頼んでいるのです」

室長はキッパリと冷たく命令する。当然、システィーナは驚き拒否する。

「待ってください！　どうして私なんですか？　私は今――」

「発魔所の管理もアリスティアさんが担当していました。よって後任であるあなたの仕事です。大至急、発魔所に向かってください。わかりましたか？」

「――っ、はい」

いかに王子の婚約者候補であるシスティーナでも、宮廷での立場は室長のほうが上。

その命令には従うしかない。頼りの王子様は、今どこにいるのかもわからない。

「なんで……」

彼女は唇を噛み締め、怒りを原動力に動き出す。

発魔所に辿り着くと、彼女は早々に刻まれた魔法式を確認した。

動作も正常で、特に問題は見当たらない。

「修繕箇所なんてどこにもないじゃない……」

ただ、明らかに魔力の供給量は基準を下回っていた。

これで不具合を見つけられない……なんてマヌケを晒せば、周囲の期待を裏切ることになる。

それだけはあってはならないと、彼女は必死に探した。

一度研究室に戻り、アリスティアが残した資料も探し回る。そして見つけた。

「あった！」

発魔所に関する資料。あそこで使われる魔法式を作ったのはアリスティアだ。

それはシスティーナも当然知っている。

研究資料を見れば、不具合を治す方法だって書いてある。

「これね……ふふっ、マヌケだったわね。こんなものを残しておくなんて」

おかげで楽に手柄を立てられる。そう思って、資料に書いてある手順通り、刻まれた魔法式に別の式を追加した。

資料からすると不具合の箇所を見つけ、自動的に修正する式らしい。が、これは罠だった。

突然発魔所がガシュンと音を立て、全ての機能が一時停止する。

「な、なんなの？　どうして⁉」

焦るシスティーナ。マヌケは彼女のほうだった。

アリスティアはわざと、この資料を研究室に残していた。偽りの情報を記載して、システィーナが引っかかるように。

彼女が知らないうちに刻み込んだのは、生成した魔力を一気に全て、遠く離れたレイニグラン王国に移動させるもの。

魔法式は発動後に消えて、数分後に設備は再起動する。

壊れてしまっては魔力を横取りできないから、アリスティアも破壊までは考えていない。しかし、一時的とはいえ国中に魔力を供給する機関が停止した。

「今のはなんだ？」

「王城の照明が消えたぞ？　発魔所はどうなっている？」

「――システィーナさん！　これはどういうこと！」

案の定、パニック状態。この責任を取らされるのはもちろん、修理を担当したシスティーナだ。

怒りに満ちた表情で室長が走ってくる。

「わ、私はただ資料通りにしただけで」

「言い訳は後で聞くわ。一緒に来なさい。陛下に報告しにいくわよ」

「……は、はい」

何度でも言おう。これは序章である。

彼女の絶望は、不幸は、始まったばかりなのだ。

もっとも同情の必要はない。

自業自得、なのだから。

第二章

レイニグラン王国が抱える最大の問題、魔力エネルギー供給問題は一先ず解消された。

一時的でしかないけれど、貴重な資源を消費せずに生活水準を保てる。

レオル君もすごく喜んでくれていた。

ついさっき、大量の魔力がこちらに送信されたところを見ると、システィーナが資料を見つけて修繕を試みたみたいだ。

思惑通り、私が残した資料に頼ろうとするなんて滑稽ね。

おかげで私たちは労せずして、蓄えられるだけの魔力を手に入れることができた。

「今頃、あちらの王都はパニック状態ね」

「まーた悪い顔をしているぞ」

「悪いことを企んでいるからいいの。それよりどこへ向かっているの?」

一仕事終えた私は、レオル君に案内されて王城の廊下を歩いている。見せたいものがあるらしい。

「そろそろ教えてくれないかしら?」

「もう到着する。別に驚かせるようなものじゃないぞ」

「ここって……」

到着したのは衣装室だった。レオル君がおもむろに扉を開けると、そこにはずらっと衣装が並んでいる。

ドレス、寝間着、普段用のラフな服。どれも女性ものだった。

「レオル君……」

「お？　少しは驚いたか？」

「ええ、驚いたわ。まさか……レオル君に女性ものを着る趣味があったなんて」

「俺のじゃなくて君のだよ！」

レオル君が顔を赤くして大声を出し否定した。

これは普通に驚いた。私は目を丸くしてレオル君に尋ねる。

「私の？」

「そうだよ。君がこっちで生活するために必要なものだ」

「わざわざこんなに……ドレスまで」

「いると思ってね。君はこれから大きなことをする。それを王子として、国の代表として称える場には、華やかなドレスが一番だ」

そう言いながらさわやかな笑顔を見せるレオル君。

一着や二着で収まらない。ドレスだけでも十着は用意されている。

私は思わず笑ってしまった。

「ふふっ、気が早いわね」

「そうでもないさ。案外すぐに、そういう日はやってくると思うぞ」

「だとしても、こんなに用意しなくてもよかったのに」

「生憎、俺は君の好みを知らないからな。テキトーに用意して、これじゃないって思われたくなかった。聞くのも何となく格好悪い気がしたし」

「変なところで強情なのね。でも……」

並んでいる衣装は全て私のために用意されたもの。

こんなにたくさんの服……ミレーヌ家で暮らしている時でも与えられなかった。パーティーに参加するドレスも、一着を着回していた。

貴族の地位なんて名ばかりで、私の扱いは使用人以下だったから……。

そんな私に、好みがわからないからなんていう理由で、これだけの服を用意してしまうなんて……馬鹿みたい。だけど、そんな皮肉よりも口から出たのは――

「ありがとう。レオル君」

純粋な感謝の言葉だった。

私は嬉しかった。どんな理由でも、私のために服を用意してくれていたことが。

服に限った話じゃない。

暮らすための部屋の用意も、王城で働く人たちが混乱しないための根回しも。

全ては私の生活を守るために、レオル君が動いてくれていた。自分だってやることは山積みで、毎日忙しくしているのに。

心から嬉しかった。

「せっかくだ。着替えてみたらどうだ？」

「え、ここで？」

「さすがに俺は外に出ているけどな。君のために用意したんだ。君が好きに使ってくれていい」

「……そうね」

レオル君がわざわざ用意してくれたものだ。

私も、どんな服があるのかもう少し見たいし、着てみたいと思う。

「じゃあ俺は外に出てる。好きな服を着てくれ。時間はまだまだあるからな」

「ええ、そうする」

ガチャリと扉を開けて、レオル君が部屋の外に出て行く。

一人だけになった私は、たくさんの服を右から左へ順番に見ていく。

「ドレス、派手な色ね」

こんなに綺麗なドレスが私に似合うのだろうか。

レオル君は優しいから、何を着ても似合っていると言ってくれそうだけど。ちょっぴり自信がない。

用意されていた服はドレス以外にもある。

「あ、これ……」

ちょうどいいものを見つけた。

時間はあると言ってくれたけど、レオル君を待たせるのは申し訳ない。

それにこの服なら、今の私にはピッタリだ。着替えるのに時間もかからない。

私はとある一着を選び、その場で着替え始める。

数分後——

私は扉を開けて、外で待っているレオル君に姿を見せる。

「お待たせしてごめんなさい」

「——その服を選んだのか」

「ええ。今の私にはピッタリでしょう？」

「確かにな」

レオル君は微笑む。私が着ているのは、この国の宮廷魔法使いが着ている服だ。

ずっとセイレスト王国の宮廷魔法使いの服を着ていたから、この機会に着替えさせてもらった。

もうあの場所へは戻らない。

私はこの国の、レイニグラン王国の宮廷魔法使いになったのだから。

「てっきりドレスを着てくれるかと期待したんだがな」

「ドレスなんて一人で着られないわ。それに、相応しい場で着ないと」

「それもそうか」

「ガッカリしてるの？」

私にはそう見えた。

まさか、私のドレス姿を見たいと思っていたの？

「ちょっとな。見てみたかった」

「……そう」

私は小さく笑みを浮かべる。そんな期待のされ方も、生まれて初めてだった。

私の姿に、興味を持ってくれる人がいるのか。

「じゃあ、そういう機会があったら見せてあげるわ」

「ああ、期待しているよ。きっとそう遠くない。君ならあっという間に、この国を変えられそうだ」

「期待しすぎても困るわよ」

笑いながらも、私の心は奮い立っていた。

多くの期待が私に向けられている。

光栄なことだ。彼の期待に、夢に、一歩でも多く、一秒でも早く辿り着けるようにしたい。

衣装室に続いて、レオル君が城内を案内してくれた。

宮廷の一室、中でも特に大きな部屋だ。室内は広々としていて、大きなテーブルに椅子、ソファーなんかも用意されている。

仮眠をとったり、最悪ここで寝泊まりできそうなほど快適そうな空間だ。

「ここを君の研究室として使ってくれ」

「いいの？　こんなに広くて立派な部屋、私みたいな新参者にあてがって」

「問題ないさ。どうせ誰も使っていない。それに、君はただの宮廷魔法使いじゃない」

「第一王子付き特別任命魔法使い、よね？」

私が彼の言葉を先読みして口に出すと、レオル君は笑みを浮かべて頷く。

この国での私の立場は特殊だ。元々は敵国セイレスト王国に所属していた宮廷魔法使い。端から見たら裏切り者で、実際その通りだったりする。

私がスパイ活動をしていたことを知っているのは、レオル君と陛下だけだ。この秘密を、私たちは墓場まで持っていく。

「セイレスト王国を追われた君を、偶然再会した俺が雇った。流れは大体こんな感じだ。もし誰かに尋ねられたらそう答えてくれ」

「わかったわ。で、レオル君はいつまでいるつもりなの？」

「いちゃ悪かったか？」

「ううん、ただ仕事はいいのかなと思って」

今日はずっとレオル君と一緒にいる気がする。

朝からもう昼になる。

レオル君も陛下の代理でいろいろ仕事が溜まっているはずなのに、私なんかと一緒にいて大丈夫なのかと、純粋に心配になった。するとレオル君は首を横に振る。

「心配いらない。今日は早起きして、大体の仕事は終わらせてきた」

「……ちなみに何時に起きたの？」

「三時だな」

「早すぎよ……身体を壊すわよ？」

陛下のように倒れてしまってはこの国は終わりだというのに。

私の心配をよそに、レオル君は力こぶを作って言う。

「俺はいたって健康だよ。鍛えているからな」

「そう。無理しすぎて倒れても知らないわよ」

「俺から言わせてもらえば、君のほうこそ無理しそうだけどな」

「私も平気よ。慣れているもの」

軽い言い争いのようなやり取りの後で、私たちは呆れて笑う。

結局、どちらも同じようなことをしていた。似た者同士なのかもしれない、と。

「また新しいことをするんだろ？　ぜひ見学したいと思ってね。普段はこんなに早起きはしないさ」

「そう。じゃあ期待に応えないといけないわね」

私はさっそく大きなテーブルの上に真っ白な紙を広げる。

この紙になるべく大きく魔法陣を描いていく。

「わざわざ手書きするんだな」

「時と場合によるわ」

魔法の発動には様々なパターンが存在する。魔法陣をどう描き、どうやって起動させるか。

魔力の光を使って、何もない空中に描くことが一般的だけど、この方法だと発動後に魔法陣は消えてしまう。

維持するためには余分な魔力が必要になる。

魔導具に式を刻む時、長時間発動させたい時には、こうやって直接描くことが多い。

あとは条件付きで発動するように細工したり、物や自然現象を利用するパターンもあるけど、今回は使わない。

「できた」

「これは何の魔法陣なんだ？」

「一言で表すなら、転移の魔法陣よ」

「転移。物を一瞬で移動させるあれか。けどあれは、対になる魔法陣が必要なんじゃなかったか？」

「へぇ、意外と知っているのね」

魔法は詳しくないと言っていたのに、ちゃんと勉強しているみたいだ。

レオル君の勤勉な性格が少し垣間見える。

そう、転移の魔法は単一では使えない。

自分自身を移動させる場合なら、魔法使いが認識できる場所に移動できるけど、人の感覚が届く範囲はたかが知れている。だから長距離の移動には、マーキングか移動先に必ず魔法陣がある。

「抜かりはないわ。さぁ、おいで」

私は魔法陣に手をかざし、魔力を流して効果を発動させる。

まばゆい光が部屋を包む。

思わず目を瞑《つむ》ってしまうほどの輝きが弱まると、そこには人の頭二つ分くらいの結晶が置かれていた。

「魔晶石？」

「問題ないみたいね」

「これ、どこから移動させたんだ？　まさか……」

「気がついた？　私が移動元に設定する場所なんて、一つしかないわよ」

もはや口で説明する必要すらない。私がつい最近まで、どこで何をしていたのか。

それさえ知っていれば、答えに辿り着くのは簡単だ。

「さて、倉庫ってどこにあるの？」

「倉庫？　何のだ？」

「魔晶石、資源関係よ」

「それならこっちに……おい、もしかして次は……」

さすが、理解が早い。彼は気づいたらしい。

今の一回が、ただ魔法式が問題なく機能するか確認しただけだということに。本番はここからだということに。

「凄いことを考えるな、君は」

「今度こそ止める？」

「今さらだろ。君がやると決めたなら止めない。ただ、見届けさせてもらうよ」

「そう。じゃあ行きましょう」

共に罪を犯しに。

◇◇◇

私はレオル君の案内で倉庫へと向かった。国の資源庫だというのに殺風景だ。

魔晶石も少なく、その他の資源も明らかに枯渇している。

予想通り……いいや、予想以上だった。ガラガラな倉庫を見ながら、レオル君は切なげに呟く。

「採掘場所を奪われて以降、資源は減るばかりだよ」

「それも今日で終わりよ」

私は白いチョークで魔法陣を描いていく。

広くて物が少ないのはある意味ちょうどよかった。

これで心置きなく魔法陣を描ける。邪魔な物が多いと、転移させた時にスペース不足で失敗する可能性がある。

「先に聞いておくけど、バレないのか？」

「心配いらないわ。何もあっちの倉庫から直接移動させるわけじゃないもの」

「そうなのか？　じゃあどこから……」

「私専用の保管庫……勝手に作ったわ」

「勝手に……」

レオル君は呆れながら驚く。私は宮廷魔法使いとして、様々な業務を担当してきた。

その仕事の一つに、資源探索と採掘資源の管理、運用も含まれていた。

要するに、自分で使う材料は自分で集めてこいという無茶苦茶な状態だったわけだ。だけどその状況が役に立つ。

業務外で探索に出かけて、資源を採取して自分の倉庫に隠すことができた。

「それなりに苦労したのよ」

「よくバレなかったな」

「バレるわけないわ。誰も、私のことなんて興味がなかったから、気にもしていなかったもの」

ミレーヌ家の人間やルガルド殿下はもちろん、宮廷で働く人たちも私のことを見下していた。

いや、宮廷の人たちは見下すのではなく憐れんでいたのだろう。

宮廷の人たちはほとんど貴族で、それ故に私の出自についても知っている。

国を裏切ったスパイの娘……その汚名を払拭するために宮廷に入り、毎日遅くまで働き続けている。

なんて哀れで可哀想な娘なのだろう。私は、自分は、あんなふうにはなりたくない。

関われば自分も変な目で見られてしまうから、極力遠ざけよう。

と、そんなふうに思っていたに違いない。

「私がどれだけ国に貢献しても、みんな知らないフリをしていたわ。誰も、凄いことだって褒めてはくれなかった……別に、褒められたかったわけじゃないけど」

「釈然《しやくぜん》としなかった、だろうな」

「ええ、そんな感じよ」

腹は立った。

私が宮廷で一番働いているし、実績も積んでいる。けれど誰よりも評価されない。

いずれすべてがシスティーナに奪われることも知っていたから、余計に苛立った。

これはその意趣返しとも言える。

「どうせ注目されないなら、その立場を思う存分利用してやるって思ったの」

「君は強いな、アリス」

「そうかしら？　意地が悪いと思ってくれていいのよ」

「お互い様だ。俺だって聖人君子じゃない。人様に威張れるほど立派な人間じゃないんだ」

彼は天井を見上げてぼやく。

一国の王子がそんな発言をしてしまったら、この国の人たちはガッカリするでしょうね。

きっとレオル君もわかっている。普段、人前では決して言わないだろう。

事情を知っている友人の前だから、こうして弱音を吐いてくれる。

そうなのだと私は勝手に思っている。話している間に準備は整った。

「私が一番働いていたのに、お給料は周りと変わらなかったわ。だからこれがボーナスよ」

「自分で自分のボーナスを用意するとか、普通じゃないな」

「あの環境が普通じゃなかったのよ。ここでは期待していいわよね？」

「努力しよう。今はまだ、足りないものばかりで満足に返せないかもしれないけど」

「いいわ。とりあえず、適度な休みさえもらえれば」

今までは満足な休日すらなかった。私にとっては何もしない一日も、十分なご褒美になる。

セイレスト王国は、レイニグラン王国から資源採掘場所を奪っている。

そのおかげで、資源は余るほどある。多少減ったところで誰も気づかないし、困ることもない。

そういった心理をつき、私はコツコツ地道に資源を集めていた。

この日のために。

「新しい採掘場所も、資源も、全部私が個人的に見つけたものよ。だから私が持ち出しても文句は言われない。どうせ誰も気づいていない」

躊躇いはなく、後悔もない。

奪われた資源を、私が奪い返すだけだ。

準備は整った。倉庫にでかでかと描かれた魔法陣に向かって、私は膝を突き手を合わせる。

「始めるわ」

大きく深呼吸を一回。これだけの量の移動は初めてだ。

魔力を循環させ、描いた魔法陣に注ぎ込む。

「さぁ、私の元へ戻ってきなさい」

転移の魔法を発動させる。

光は研究室の時の比ではなく、倉庫を飛び出すほど眩く輝きを放つ。

咄嗟《とっさ》にレオル君は目を隠す。

私は隠す手が塞《ふさ》がっているから、目を瞑って誤魔化《ごまか》した。

それでも瞼《まぶた》の裏が真っ白になるくらい眩しくなって、次第に輝きは弱まり暗くなる。

私たちはゆっくりと目を開け、光に目を慣らしていく。

「アリス……これが君の頑張りか」

「――ええ」

目の前には大量の魔晶石が積み上げられ、一つの山を作っていた。

輝く結晶の山が、そのまま私の努力を象徴する。

毎日忙しなく、休む暇もなかった。そんな中で時間を作り、通常の業務が滞らない範囲でせっせと集めた資産だ。

私はレオル君のほうを振り向いて言う。

「街のエネルギー事情は一先ず安定している。その分、余った資源は他の産業に使える。魔晶石だけじゃない。他の資源も集めてある。ぜひ使ってほしいわ」

「――ああ、これだけあればいろいろできる。壊れたものを直すだけじゃない。新しく作ることだってできるぞ」

「作り手は残っているの？」

「いなくても呼び戻すさ。これだけ材料があるんだ。きっと集まる」

レオル君は決意を固めるように拳を握る。

これまで資源不足のせいで進められなかった事業は多々あるはずだ。

資金不足、資源不足は、そのまま国力の低下に直結する。レイニグラン王国の周辺は敵国の領土で、支援は望めない。

我慢するしかなかった日々も、今日で終わる。

◇◇◇

アリスティアは着実に前へと進んでいる。

念入りに準備された計画に基づき、着々と事態を好転させる。

対照的に、セイレスト王国はどうだろう?

魔力供給停止のパニックから数日が経過し、ようやく騒ぎも沈静化され、元の生活に戻り始めていた。

停止していた時間は僅か数分。しかし王都で暮らす人々の生活にも多大な影響を与えてしまったことで、混乱は想定を上回る規模とペースで拡散した。

その責任を問われたのは、もちろん彼女だった。

「……あの、ずっとそうしているおつもりでしょうか?」

「はい。命令ですので……」

「いつまで……」

「命令が解除されるまでとなっております。私には明確な期日はわかりかねます」

システィーナの研究室に騎士が立っている。

外ではなく室内に、システィーナの視界に映るように。護衛では当然ない。

これは彼女を監視するために配属された騎士だ。

先の一件で、システィーナは多大な損害を出してしまった。

本来ならば責任を取らされるところを、ルガルド王子とミレーヌ家の尽力で、なんとか厳重注意で収めることに成功した。しかし、失った信頼は大きかった。

国王陛下からの命令により、彼女の行動を監視することとなってから、すでに一週間が経過しようとしている。

彼女が立ち上がると、騎士が目を光らせる。

「どちらに行かれますか？」

「お、お手洗いに」

「わかりました」

当然のように、騎士も同行する。

さすがに異性であるため中には入ってこないが、お手洗いの前まで必ず同行される。

一人きりになれる時間は短い。ミレーヌ家の屋敷の中か、こうしてトイレに入っている時だけだ。今も、別にお手洗いが目的じゃなかった。

「はぁ……」

ただ一人になりたかっただけである。

四六時中、宮廷にいる間は常に監視されている。

疑いの目で見られている。注目されることに慣れている彼女でも、こうした視線に晒された経験はない。

想像を絶するストレスが彼女を襲っていた。すでに心は疲弊しきっており、今にも壊れてしまいそうになっている。

「誰か……ルガルド殿下……」

他人に助けを求めるしかない。自分では解決できないと、彼女は諦めていた。

そんな彼女の心情は気にせず、次なる仕事がやってくる。お手洗いから戻った彼女の前に、室長が待ち構えていた。

「し、室長……」

「システィーナさん、あなたに仕事です」

「はい……」

どうして自分に？

私は見ての通りに忙しいので他を当たってください。と、元気があった頃は言い返せていたが、もはやその気力もない。

一度でも大きな失敗をしたことで、彼女は信頼されていない。だが、変わらず仕事は減らない。彼女がやらなければ、他の者が代わりに担当するしかなくなる。

極論、皆面倒なのだ。だから誰も手助けしようともしない。

アリスティアが一人でこなしていた仕事量の異常さと、彼女の天才性を嫌でも知っているから。代わりなど、務まらないと理解しているから。

その理解が足りなかったのが、システィーナとルガルド王子だった。

「これ……私が……」

「そうです。アリスティアさんは独自で、魔晶石の探索と採取、管理も行っていました。当然、後任であるあなたにもやってもらいます」

「……私一人で、でしょうか」

「アリスティアさんは一人でした。ですが私も鬼ではありません。必要なら騎士に協力を頼んでください。ただ、その分の必要経費はあなたが用意する前提ですが」

室長は冷たく淡々と提案する。要するに、自分一人でできないなら、自腹を切ってでも達成しろ、ということだ。無慈悲な命令を即座に理解し、システィーナの心は凍える。

「ではよろしくお願いしますね」

「……」

返事を待たずに、室長は去って行く。

残されたシスティーナと、それを機械的に監視する騎士。

「アリスティア……あなたはどこまで……」

システィーナは唇を噛み締める。

彼女にとってアリスティアは、自分より劣っているくせに姉の地位にいる邪魔者だった。

そんな彼女が宮廷入りし、数々の功績を残したことは知っている。

嫌でも意識してしまう。何もできない無能と侮っていた相手が、着実に成果を出し、存在意義を示し始めていたのだから。

自分のほうが優秀だ。彼女にできたのなら、自分にだって同じことができる。

父も、王子も、周囲も期待している。それ故に、信じて疑わなかった。

自分が選ばれし者であり、才能に満ち溢れていると。

事実、才能はあった。が、真の天才たるアリスティアの前では、その輝きは淡すぎる。

システィーナはトボトボと歩き出す。

「どちらに行かれますか？」

「聞いてなかったのですか？　魔晶石を採りに行くんです」

「では外出の申請をしてください。それが受理されない限り、無断での外出は認められません」

「わかっています！」

システィーナは苛立ちを爆発させる。

もはや心も身体も限界だった。そんな彼女の元に、数少ない味方が顔を出す。

「システィーナ」

「……ルガルド殿下」

愛しの婚約者候補を目にして、システィーナの瞳から涙が零れる。

気づけば彼女は王子の胸に飛び込んでいた。

「殿下……私……私……」

「ああ、わかっている。あまり顔を出せずにすまなかったね」

涙を流すシスティーナを、王子は優しく抱き寄せる。

システィーナは忘れているが、すぐ横には監視の騎士もいて、この光景を見られている。

ルガルド王子が騎士に視線を向ける。

「すまないがしばらく席を外してもらえるかな？」

「私は監視のためにここにいます」

「わかっている。だが、僕が一緒にいる時は心配ない。僕が目を光らせておくから。それとも君は、僕の目が信用ならないのかな？」

「……かしこまりました。ですがなるべくお早くお願いいたします」

「うん、そうするよ」

騎士が部屋から出て行く。こうして長らく続いていた監視の目が、一時的に解かれる。

王子は泣いている彼女の肩に触れ、優しく引き離す。

「もう大丈夫、これで二人きりだ」

「ありがとう……ございます」

「涙を拭いなさい。せっかくの可愛い顔が崩れてしまうよ？」

「はい」

押し殺していた涙を全て晒け出し、優しい王子の言葉で彼女の心は持ち直す。

涙を袖《そで》で拭い、婚約者の顔を見る。

「殿下……ずっとお会いしたかったです」

「僕もだよ。大変だったみたいだね。あまり力になれなくてすまなかった」

「いえ、私が失敗してしまったから、きっと殿下にもご迷惑を……」

「迷惑だなんて思っていないよ。むしろよくやってくれている。いきなり大仕事を任されたんだ。失敗しても仕方がない」

優しい言葉で慰められ、システィーナは徐々に笑顔を取り戻していく。

自分の味方はここにいるのだと。一人ではないと実感して、縋《すが》るように袖を握る。

「寂しい思いをさせてしまったね。でも大丈夫だ。実は先日、父上と話しをしてね？　臨時で新しく宮廷魔法使いを雇うことにしたんだ」

「今からですか？　でも試験はまだ先のはず……」

「一般試験の日時を繰り上げることにしたんだ。即戦力を投入して、君にかかる負担を少しでも減らそうと思ってね」

「殿下……」

なんて優しいお方なのか。失敗したことを責めることはなく、負担を減らすために尽力してくれている。

そうだと知ったシスティーナは感激で再び涙を流す。

「泣かないでくれ。僕の大切な婚約者候補が困っているんだ。これくらいして当然だよ」

「……うぅ……」

「だからシスティーナ、君は変わらず可愛い君でいてくれ。君との触れ合いは僕の心を満たしてくれるんだ」

「はい。私も殿下と……」

二人は唇を交わす。求め合うように、助け合うように。

彼らは愛し合っていた――。

と、思っているのはシスティーナだけだ。

ルガルド王子の内心は、色欲と独占欲に満ちている。

まったく、こんなところで潰れられても困るんだよ。せっかく邪魔なアリスティアを排除したのに、これじゃ何も変わらないじゃないか。

さっさと仕事は他の奴に押し付けて、彼女が僕に専念できるようにしないと。

顔もいい、身体もいい、性格も僕に依存し始めている。

最高の逸材を逃す理由はない。

「これからも僕を頼ってくれ」

「はい。殿下」

システィーナの依存にニヤリと笑みを浮かべる。

ルガルド王子にとって彼女は、自身に癒やしを提供する存在。愛玩動物に過ぎない。それ以外の役割を、彼女に求めていない。

当然、この関係に愛はなかった。あるのは純粋な欲であり、ある意味ではわかりやすい関係性である。

ただし、当人のシスティーナは知る由もない。自分が愛され、求められていると勘違いしている彼女は、一生気がつかないかもしれない。

システィーナを抱きしめながら、彼は思う。

可愛い可愛いシスティーナ……僕がいないと生きていけないようになればいい。

君に求めているのは癒やしだけなんだ。

それ以外には必要ない。君は永遠に、僕の腕の中で可愛らしく微笑み、時に劣情をぶつける相手になってほしい。

アリスティアは顔は悪くなかったけど、出自が最悪だった。平民との混血など、本来ならば触れたくもない相手だ。

それだけじゃない。

彼女は僕に興味がなかった。婚約の話を受けたのも、家の方針に逆らえなかっただけだろう。一目見てわかってしまった。彼女が僕を見ていないことに。

その瞬間から僕は考えた。

僕を見ない彼女なんていらない。僕だけを見つめ、僕だけのものになってくれる従順な相手を探そう、と。

そうして見つけたシスティーナという好条件の相手。

ここまでは計画通りである。しかし、その計画を狂わせているのは、アリスティアが魔法使いとして残した功績、実績の数々だった。

「まったく、迷惑極まりないな」

「殿下?」

「何でもないよ。もう少し、こうしていよう」

「はい」

そう、君はそれでいい。

◇◇◇

何もかも順調だ。エネルギーも資源も、敵国から気づかれずに奪い返すことに成功している。

おそらく、当分はこのまま安定するだろう。ただし、いつか必ず終わる。

「いくらお馬鹿さんでも、いつか気づくでしょうね」

「そうだろうな。そうなった場合……」

「戦争が起こるかもしれないわ」

レオル君の執務室で、私はキッパリとそう答えた。もしも真実を知れば、彼らは必ずこの国を滅ぼすために動き出す。

そうなれば終わりだ。戦力差は歴然。

「もちろん、それなりの準備もしているけど、やっぱり保険がほしいわね」

「保険……か。何かいい案でもあるのか？」

「一つある。レオル君が許可してくれたらだけど……私の予想が正しければ、そろそろだと思うのよ」

「何がだ？」

私の置き土産と罠のおかげで、今頃セイレスト王国は大変なことになっている。システィーナ一人じゃ、私が抜けた穴を埋められないことにも気づくはずだ。

レオル君の疑問に答える。

「人員の補充が行われるわ。たぶん、一般人から」

「それがどうしたんだ？」

「ふふっ、ちょうどいいと思わない？」

「……！　まさか、行く気か？」

私はニヤリと不敵な笑みを浮かべる。遠く離れたこの地にいたら、セイレスト王国の現状は把握できない。

もはやアリスティアとしては戻れないけど、別人としてなら？

即戦力となる人材を探しているところに、適切な人材が現れたら？

彼らは迷わず引き入れる。たとえそれが、裏切り者のスパイだとしても。でも、

「彼らは気づかない。私の魔法には」

「リスクっていうのは、そういうことか」

「ええ、私のリスクよ」

バレた時に私がどうなるのか。想像するだけでぞっとする。

「……自信はあるんだな？」

「ええ、私ならできる。もちろん、この国での仕事も継続するわ」

「それを実現する方法がある……か。君がそこまで言うなら止めないよ」

「ありがとう。レオル君ならそう言ってくれると思ったわ」

彼なら私の言葉を信じてくれる。

期待してくれる。そうわかっていたから提案した。

「ただし、絶対にしくじるな。まずいと思ったら逃げても構わない。君自身の安全を優先してくれ」

「ええ」

そして何より、私の身を案じてくれる。

この言葉も、表情も、私を心配してくれているのが伝わった。だから頑張れる。

どれだけ非道に手を染めようとも、彼の理想を体現するために。その先にこそ、私が目指す安息は待っている。

さぁ、スパイ活動を再開しましょう。

セイレスト王国の発展は停止し、緩やかに停滞を始めた。商業を営む者や、王城と関わりが深い者たちは徐々に気づき始めている。

魔力エネルギー供給の不安定さに加え、新たな魔導具の開発資源の枯渇。

大きな失敗と、小さな失敗。それらが積み重なり、王都中で不和が広がっている。

「おい、聞いたか？　魔力の供給代金が値上がりするって」

「え？　急になんで？」

「なんでも発魔所の不具合が続いたせいで、安定した供給が保てなくなったかららしい」

「はぁ？　そんなもんあいつらの問題じゃないか！　どうして俺たちがその不足を負担しなきゃならないんだよ！」

これが現在の街の声だ。

特に商業を営む者たちにとって、魔導具を動かすエネルギー供給は必須である。

その値上がりは経費の増加を意味し、結果的に利益が低下する。しかし憤りを感じるのは、その原因が自分たちにないことだ。

「自分たちの失敗くらい自力で補填しろよな！　俺たちは国の家畜じゃねーんだぞ」

「気持ちはわかるがあまり大きな声で言うな。王城の役人にでも聞こえたら大変な目に遭うぞ」

「はっ！　どうせお偉いさんはこんな街中に来やしねぇよ。あいつらは今頃、俺たちから搾取した金で優雅に紅茶でも飲んでるだろ！」

「まぁ想像できるな。噂じゃ魔力エネルギーだけじゃなく、他の物資の価格も上がるらしいぞ」

「チッ、ホント意味わかんねーよな。なんで貴重な資源の管理まで国営にしちまったんだか」

やれやれと首を横に振る男性と、それに同意する友人の姿を横目に、私は王都の街を歩いている。こうして国民の声を聞くのは新鮮だ。

宮廷で働いていた頃も外出はしていたけど、夜遅い時間だったり、あまり外で人と関わらなかった。実際、みんながどう思っているのかわからなかった。

「意外と不満も多いのね」

不自由ない暮らしをして、さぞ満足していると思っていたら、案外そうでもないらしい。

国営資金は王都や国に属する者たちから税として徴収している。

どの国もしていることだけど、セイレスト王国はその比率が他国に比べて多かった。その分、還元されるものが大きければ文句はなかっただろう。

彼らの反応を見る限り、肝心の見返りは満足いくものではなかったようだ。

そこに最近、いろいろ大変な王国は、負担を国民に増やしてしまった。増税と無言の圧力は、更なる不和を生む。

私が意図していなかった部分でも、大国の衰退は進行していた。

「ふふっ、願ったり叶ったりだわ」

私が直接手を下すまでもなく、人々の信頼を失っていく。

国を作るのは人だ。国民が力を失えば、その国は衰退の一途をたどる。

長い歴史の中で数々の国が証明してきた。

私が今いるレイニグラン王国は、残ってくれた国民と、若き王子の手によってギリギリ支えられている。

今はなんとか持ち堪えているけど、残念ながら長くは保てない。だから、私が変える。

そのために――

「戻って来たわよ。王城」

私はこうして、懐かしさも感じない元職場へと戻ってきた。

厳密にはアリスティアとしてではなく、まったくの別人として。

目的は一つ、宮廷に再び潜入すること。私はカバンから一枚の紙を取り出す。

「思った通り集めに来たわね」

そこに書かれていたのは、宮廷魔法使いの募集要項。本来の予定より早く、一般希望者の試験を実施することになったらしい。

私が抜けて、宮廷での仕事が回らなくなった影響だろう。

当然だ。システィーナ一人で、私が残してきた仕事をこなせるわけがない。

彼女がパンクするように無理をして、周囲の評価を上げ、自身の許容を大きく偽ってきた。私でも夜遅くまで残ってやっと終わらせていた仕事量は、これまで碌に働いてもいない彼女には無理だ。

「今頃どうなっているかしら？　せめてまだ、逃げ出さないでほしいわ」

私が思い描く物語に、彼女の存在も必要になる。完全に壊れてしまう前に、一度立て直しが必要になりそうだ。

そこだけが面倒で憂鬱な気分になる。

私はため息を一つついて、自身にかけた魔法の効果を再確認し、試験会場へと向かった。

会場は王城の敷地内、宮廷の一室だ。すでに希望者は三十人近く集まっていて、待合室が混み合っている。

「こんなにいるのね」

集まっている人たちは性別も年齢もバラバラだ。おそらく同じなのは、全員が魔法使いであることだけだろう。

宮廷魔法使いは高給取りで有名だし、任命されれば爵位に近い名誉を得ることになる。

一般人が貴族と同等の地位に立てるのは宮廷職しかない。

誰も彼も、出世したくてギラギラしている人たちばかりだ。だからこそ、貴族で宮廷入りした人より実力を持っている魔法使いも多い。

この臨時の募集も、即戦力を投入するため一般人に賭けたのだろう。

規定時刻になり、役人が待合室にやってくる。

「お集まりの皆さん、これより試験を開始いたします」

「よっしゃ。いよいよだぜ」

「腕が鳴るわ」

「……」

みんな気合十分。彼らは等しく、この日のために色々準備して、努力してきた人たちだ。

残念ながら選ばれるのは一人か二人だけ。

選りすぐりの人材が選出され、落ちた者は次の募集に賭けるか、諦めるしかない。

彼らにとっては人生をかけた大一番だろう。だから、本当に申し訳ないと思っている。

彼らの夢を、私みたいな不届き者が潰してしまうなんて。

試験は二段階に分かれる。始めに行われるのは筆記試験。一般的な魔法学についての問いや応用問題が主だ。他には魔法とは無関係の常識、この国の歴史についても出題される。

宮廷で働くということは、この国の代表の一人になるという意味でもある。

魔法使いだから魔法だけできればいい、というわけじゃない。

当然、ここに来る人たちはみんなわかっているから、ちゃんと勉強してきているはずだ。その点、私は自分が卑怯だと自覚している。

（……仮にも五年働いていたのよ。こんなの間違えるはずがないわ）

心の中でため息を零し、他の志願者への申し訳なさが膨らむ。

どの問題も、宮廷で働く魔法使いなら知っていて当然だ。

一般常識に関しても、仮にも貴族として暮らしていた私にとって、サービス問題でしかない。

碌な準備をしていない私でも、この試験なら満点を取れる。

これは一種のカンニング行為に近い。そもそも、スパイ活動をするために試験を受けに来た時点で、私に誠実さは語れない。

「――それまで！　ペンを置いてください」

周りから疲れた声が漏れる。

こんなの解けて当たり前なのは、他の志願者たちも思っていることだろう。

一問でも間違えれば他に差を付けられる。

そのプレッシャーは計り知れない。が、そんな筆記試験よりも重要なのが、次に行われる実技試験のほうだ。

私たちは場所を移動する。

騎士団隊舎の中にある屋内訓練場。ここでは魔法使いも訓練ができるように、壁や天井を通常よりも硬く設計している。

案内された私たちは、的が用意された広い土のフィールドに立つ。

試験を担当する役人が説明を始める。

「ここでは実際に皆さんの魔法を見せていただきます。まずはあの的に向かって、何でも構いません。ご自身の得意な魔法をお使いください。攻撃系以外が得意の方は申し出ていただければ準備いたします。質問はありませんか？」

特に手が挙がらず、役人はこくりと頷く。

「では順番に、イスカさん」

「はい」

ちょうど私の偽名が呼ばれた。

今の私は魔法によって姿を、声を、気配を変化させている。

実力のある魔法使いであっても、私が最初から別人だと断定して見ない限り、偽りの像を見ることになる。こそっと外出したり、工作する際に必要だった偽装魔法。数年かけて熟練された魔法は、私の手札の中でも自信がある魔法の一つだ。

現に、実力者揃いのはずだが誰も気づいていない。

「このままで構いませんか？」

「はい、問題ありません」

私は的の前に一直線に立つ。

他の人たちには悪いけど、ここで派手に目立たせてもらおう。

チラッと待機している志願者を見た。皆が注目している。

当たり前だ。だけど一人だけ、不思議な視線を向けている男性がいた。私と同じくらいの若さで、黒髪が特徴的で、まとう雰囲気には少し貴族っぽさがある。

そしてどことなく……。

私は首を横に振る。今は関係ない。

この試験に集中しよう。万が一にも落ちてしまったら、計画の全てが破綻する。

レオル君にも申し訳が立たない。

私は右手をかざす。

「すぅ……」

詠唱はいらない。魔法式は頭に映像として記憶されている。

それを引っ張り出して、魔法陣を展開する。

放たれる業炎。魔法名は『フレアブレイク』。私が扱う攻撃魔法の中では、七番目くらいに高威力な魔法だ。

「燃え尽きなさい」

放たれた炎は的を一瞬で燃やし尽くし、背後の建物の壁に衝突し四方へ炎が拡散する。

激しい熱風が観戦していた人たちにも襲いかかる。

あえて彼らを威圧するように、ギリギリ当たらないようにコントロールして。

「な……すごい威力だな」

「しかも無詠唱……魔法発動のタイムラグが極端に短い」

「何者なんだ……？　あの女は」

「――へぇ」

また、奇妙な視線を感じる。魔法を撃つ前に目が合った男性からだ。

どういうわけか、彼だけが他の志願者たちとは違う感情で私を見ている。

驚きはしているけど、喜んでいるような……この違和感の正体はなんだろう？

「次、ウルシスさん」

「ああ、俺の番か」

次に名前を呼ばれたのは気になっている彼だった。

名前はウルシスというらしい。当たり前だけど家名はないし、貴族ではない。

場所を交代するため、私は彼のほうへと歩き、彼も私のほうへと向かってくる。

私たちはすれ違う。

「――面白い魔法だね」

「――！」

小さな声で、私にしか聞こえないように発せられた言葉。私は咄嗟に振り返る。

今の言葉は……フレアブレイクに対して？

なんとなく違う気がする。

まさか彼は、私の魔法に気づいている？

私は彼に注目する。興味と警戒が入り交じった複雑な感情を胸に、的の前に立つ彼の後ろ姿を見つめる。

「えーっと、魔法は何でもいいんですよね？」

「ええ、あの的に目掛けて撃っていただければ何でも構いません」

「うーん、じゃあこれでいいかな」

彼はポケットに手を入れたまま、右足をぐりっと地面に擦り付ける。

「――アイスウォール」

足元に展開された魔法陣。発動したのは氷の壁を生成する魔法だった。

彼から縦向きに発動された氷の壁は、遠く離れた的まで届いて下から突き上げる。

「おいおい、まじか。また無詠唱……」

「しかもこれって……」

皆が驚いている。

私も。今の魔法は攻撃用の魔法じゃなくて、本来は防御に使われる魔法だ。

それを攻撃に転用している。氷の厚みも普通じゃない。

「これでいいですか？」

「はい。問題ありません」

彼は振り返り、私と視線を合わせる。この男は一体……何者なのだろう。

◇◇◇

二つの試験が終わり、合否は一時間後に発表される。それまで志願者は待合室で待機する。

空気はかなり重い。選ばれるのは少人数で、一人かもしれないし、二人かもしれない。

例年通りなら最大二名が選出される。

そう、たった二人だけだ。そしてこの中にちょうど二人、実技試験で目立った魔法使いがいる。

「もう絶対あの二人だろ」

「そうね。もう帰ろうかしら」

「いやワンチャン……あるかもしれない」

そのほとんどが淡い希望を抱く。

心から申し訳ないと思う。でも、私にもやらなくちゃいけないことがあるから。それにもう一つ、気になることがある。

私は待合室の隅で座って待機している彼に視線を向ける。

ウルシスと名乗った彼は、明らかに志願者の中で群を抜いた実力を秘めている。

最大選出人数的に大丈夫だと思うけど、あんな人材が紛れていたのは予想外だった。

ふと、視線が合ってしまう。

彼はニコリと微笑んで立ち上がり、こちらへ歩み寄る。

「俺に何か用？」

「別に何も」

「嘘だ。さっきから俺のことを見ていたじゃないか。もしかして、俺に惚《ほ》れちゃった？」

「冗談なら聞く気はないわよ」

軽薄そうなしゃべり方だ。見ていたのは本当として、まさか話しかけてくるとは思わなかった。

「あれ？　怒らせちゃったかな？　これから長い付き合いになりそうだし、仲良くしたいと思ったんだけど」

「長い付き合い？　そんなのどうしてわかるのかしら？」

「わかるよ。君だってそうだろう？」

「……」

彼はさわやかな笑みを浮かべている。

試験に合格する二人は、自分と私だと確信している表情だ。

確かにそうだと、私自身も思っているから、なんだか心を見透かされたみたいでムカつく。

「すごい自信ね」

「君だってすごかったよ」

「お世辞ね。さっきの魔法、どうして直接攻撃系の魔法を選ばなかったの？」

「ん？　ああ、それは君が先に凄いのを披露しちゃっていたからね。二番煎じになるより、別の方向性で魅せたほうがウケると思ったんだ」

「へぇ……」

思ったよりもまともな返答で驚いた。

テキトーに選んだわけじゃなくて、彼なりに試験で注目されるための手段だったのか。

ただ魔法が得意なわけじゃないらしい。だから余計に……危険だ。

この男には、私の偽装が見破られる可能性がある。

「ねぇ、君、えーっとイスカちゃんだっけ？」

「ちゃん付けはやめて。気持ち悪い」

「ひどいな！　じゃあイスカ、君はどうしてこの試験を受けに来たんだ？」

「そんなのみんな同じ理由でしょ？　宮廷魔法使いの称号は、この国の魔法使いにとって最も栄誉のあるものなんだから」

とか口で言いながら、そんな名誉にこれっぽっちも興味はない。私が見たいのは、この国の堕落と、私を陥れてきた者たちの破滅だけだ。

この国での名誉なんて微塵も欲しくない。

「へぇ～そうなの？　そんな風には見えなかったけど」

「――どう見えているのかしら？」

「そうだね。少なくとも君は嘘つきだ」

「……」

やはりこの男、見えているの？

まだ確証はない。私は探る目的で質問を返す。

「あなたはどうなの？」

「俺かい？　君には俺が、どう見えているのかな？」

「……胡散臭い男」

「ははっ！　ストレートに言うなぁ！」

彼は陽気に笑う。正直、何を考えているのかわからない。

重要なのは、私にとって障害となるのか否か……。

できれば私だけ合格して、彼は落ちてほしいのだけど……。

時間が経過し、役人が待合室にやってくる。私たちが注目する中で、合格者の発表が始まる。

「お待たせしました。本試験の合格者を発表いたします」

私は席から立ち上がる。

役人の視線が、先に私と合ったから。

「合格者は二名！　イスカさん」

「はい」

順調に、私は合格した。

そして二名ということは、もう一人は残念ながら聞くまでもなくあの人しかいない。

「ウルシスさん」

「お、ありがとうございます」

ちょうど並び立っていた私たちが合格者として名を呼ばれた。周囲からため息と一緒に、やっぱりかと声が聞こえる。

皆の予想通りだった。私の淡い希望は通らなかったらしい。

「本日この瞬間をもって、お二人は宮廷魔法使いとなります。正式な勤務日はお二人のご都合に合わせますが、いかがでしょう？」

「私は明日からで構いません」

「あ、じゃあ、俺もそうしてください」

「かしこまりました。では明日、荷物をまとめてまたここに来てください。おめでとうございます」

役人の拍手に合わせて、落ちた人たちも拍手する。

悔しい思いもあっただろう。それでも合格を讃えてくれるのは、私たちの実力を彼らも理解したからだ。

これで計画のスタートラインには立った。のだけど……。

「明日から一緒に頑張ろうね？　イスカ」

「……そうね」

この計り難い男、どうしたものか。最初から余計な不安要素が増えてしまって、心の中でため息をこぼす。

せめて宮廷入りしてからは関わらないように心がけよう。

ただなんとなく、この願いも叶わない気がした。

怪しい男で、信用なんかできない。それなのになぜか、私はシンパシーを感じてしまっていたから。

試験が終わり、各々が帰路につく。遠方からはるばる来ていた方も多く、そういう人たちの道を閉ざしてしまった自覚はある。

もっとも、私がこれからやろうとしていることは、彼らを含む国民全員の道を閉ざす結果になるだろう。罪悪感は拭えない。

それ以上に、私はやるべきことを理解しているだけだ。

「この辺りでいいわね」

街中に入り、できるだけ人気のない道を進む。

裏通りに入り、一目が一切ない場所を見つけてから、私は転移の魔法を発動させる。

転移先はもちろん、私が帰る場所だ。

移動は一瞬。瞬きをすれば、目の前はもう自分の研究室だ。レイニグラン王国に戻った私は、さっそく応接室にいるレオル君に報告へ向かう。

トントントン、とノックの音が響く。

「誰だ？」

「レオル君、私よ」

「――！　入ってくれ」

許可を得て、私は扉を開ける。すると彼は仕事中だったらしく、私を見てペンを置いた。

彼は私と顔を合わせて嬉しそうに微笑む。

「お帰り、アリス」

「ただいま、レオル君」

彼の顔を見て、私もホッとした。

無事に帰ってこられたのだと。自信はあったけど、単身で敵地に潜り込むのはそれなりのストレスがかかっていたらしい。

それを今さら自覚する。

「どうだった？　君のことだから問題なく合格したとは思うけど」

「もちろん。ちゃんと合格したわ。明日からまた、あの嫌な場所で働くことになるわね」

「すまないな。君にばかり嫌な役回りをさせて」

「いいのよ。レオル君だって大変でしょう？」

王子の身でありながら、仕事も重圧も国王と同じだけ圧し掛かっている。

むしろ一介の王より、彼への期待や不安は大きい。壊れかけているこの国を建て直せるかどうかは、彼の手腕にかかっているのだから。

「俺は君に助けられているからな。その分、自分にやれることをやるだけだ」

「それが大事なのよ」

「そうだな。で、明日からってことは、当分はこっちに戻れないのか？」

「いいえ、どっちにもいるわ」

私がそう言うと、レオル君はキョトンと首を傾げる。

「そのための魔法があるの。こんなふうに」

私はぱちんと指を慣らす。実はここに来る前に、すでに見せたかった魔法を使っておいた。

合図に合わせて扉が開き、そこから顔を出したのは……。

「――！　アリスが、もう一人」

「「そうよ」」

驚くレオル君に説明をする。

魔法名『ドッペルゲンガー』。簡単に言うと、自分の分身を作り出す魔法だ。生み出された分身は私と記憶を共有し、人格のコピーが内蔵されているから、分身単体で私らしい行動や発言もできる。完全な自立個体を生み出しているのだ。

「凄いな……そんな魔法まで開発していたのか」

「時間はたっぷりあったからね。でも分身といっても完璧じゃないわ。分身のほうは本体よりも使える魔法に制限があるの。だから必然的に、分身はこっちに置くことになるわ」

「本体はセイレストのほうか。分身との記憶を共有しているなら、こっちで何かあれば伝わるんだろ？」

「ええ、逆もそうよ。必要なら本体と分身を転移魔法で入れ替えることもできる。仕事以外の時間は、なるべくこっちにいたいから」

目的のためとはいえ、セイレスト王国に長く滞在するのは気乗りしない。

あそこには嫌な思い出しかないから。試験中も、一秒でも早く戻ってきたかった。

「そうしてもらえると俺も嬉しい。分身に失礼かもしれないけど、やっぱり寂しいからな」

「レオル君……」

そう思ってもらえることが、私にとっての幸せだ。

やっぱり、彼と話していると落ち着く。素の自分でいられるのは、きっと彼の前だけだろう。

「――そうだ。実は一人、気になる人がいるの」

「気になる？」

「ええ、私と一緒に宮廷の試験に合格した男性、名前はウルシス。かなり実力のある魔法使いなんだけど、独特な雰囲気があって、私の偽装にも気づいている可能性があるわ」

「ああ、そういう意味か」

なぜかレオル君がホッとしている。

「どうしたの？」

「いや、急に気になる人がいるって言うから、てっきり好きな人でもできたのかと思ったんだ」

「――！　そんなんじゃないわ」

予想外の勘違いに私は思わず中途半端な笑顔を見せる。好きな人なんて、そんなこと考える暇もなかった。

私には、恋をする余裕がない。

できるとしても、きっとずっと先のことだろう。

「気づいているって？　君の魔法に？」

「ええ、その可能性がある。やたらと私に絡んできたし、もしかすると彼も別の目的で試験を受けに来たのかもしれないわ。何かはわからないけど」

「大丈夫なのか？」

「まだわからない。敵になるのか、それとも味方になり得るのか……もしもの時は……」

たとえ目的がなんであれ、私の邪魔をするなら容赦はしない。

この手を汚すことになっても構わない。覚悟はとっくにできている。

「無茶はしないでくれよ」

「わかっているわ。絶対この国に迷惑はかけない」

「そうじゃなくて、君自身のことだ。君の身に何かあったら、俺は嫌だぞ」

「……本当、優しいわね」

ずっと前から知っている。スパイを始めた時も、いつも眉間に皺を寄せて、自分自身の行いを悔いるように話す。

本当は私に危険なことをさせたくないと、彼は本気で思っている。

私の魔法使いとしての実力を知った上で、それでも心配してくれている。

そういう人だから、私は信じている。

「大丈夫、私は負けないわ」

この人が信じる未来のために。

◇◇◇

翌日から、私たちは宮廷魔法使いの一員となった。

本来は見習い過程を経て正式に任命されるのだけど、一般の試験に合格した者は即戦力として扱われるため、見習い過程を免除される。

これはいいことばかりでもない。見習い過程がないということは、入っていきなり大量の仕事を任せられるということだ。

「お二人にはこちらの仕事を今後請け負っていただきます」

「わぁ、多いですね」

「……」

私たちに仕事の説明をしてくれたのは、宮廷魔法使いを牛耳る室長だ。

この人は実力主義だから、私にも普通に接してくれていた。

ただ、頼めばやってくれるからという理由で、次々に新しい仕事を回されたのは、普通に嫌がらせかと思ったけど。

後から思えば、他に頼れる人員がいなかっただけだ。

彼女も大変なのだろう。よく遅くまで仕事をしている姿を見ていた。

そして、肝心の仕事内容だ。どう見ても、私がかつて請け負っていたものばかり。本来なら後任であるシスティーナがやらなければならない仕事だった。

「新しい職場でわからないこともあると思います。その時は先輩に聞いてもらって構いません。それと、この仕事はあくまでお二人にお任せしたものです。お二人で協力して行ってください」

「わかりました」

「説明ありがとうございます。ちなみに、研究室も共同ですか？」

ウルシスが質問する。そこは私も気になっていたからいい質問だ。

できれば別々がいい。

「はい。申し訳ありませんが、部屋の数に余りがありません。しばらくは共同で使ってください」

「わかりました」

「……」

つまり仕事中、基本ずっとこの男と一緒にいないといけないのか。

いきなり不安が膨れ上がる。室長がいなくなり、早々に二人きりになった。

「という感じらしいから、仲良くしようね」

「……」

「うわぁ、嫌そうな顔。そんなに俺と一緒は嫌だった？」

「胡散臭い男と一緒になんて誰も喜ばないわよ」

「酷いな～まっ、別にいいけどね。すぐ仲良くなれると思うし」

そう言って彼はニコリと微笑む。

笑顔までも胡散臭い。この男、本当に何者なのか。できるだけ早く正体を知るか、遠くへ追いやりたい。

「それで、何からする？　俺はよくわかんないから、君が決めていいよ」

「……じゃあ、発魔所に行きましょう」

「了解」

私は以前までやっていた仕事の手順を思い出し、最初に一番重要な発魔所のチェックへ向かうことにした。

街中に魔力エネルギーを供給する場所だ。

本来なら、こんな新人に任せていい仕事じゃない。よほど頼れる人材が不足していると見える。

システィーナは何をしているのだろうか。そういえば一度も顔を見ていないな。

「さすが王都の発魔所、でかいなー」

「順番に見ていくわよ」

でも、ここの管理を任されたのはラッキーだ。

レイニグラン王国と繋がる魔法式の確認もできる。

願わくは一人がよかった。

「へぇ、随分と手慣れているね」

「そう？　普通だと思うわ」

「そんなことないよ。だってこの魔法式は特殊だ。たぶんこの国特有のものだろう？　それと見ただけで把握する。まるで知っていたみたいに」

「……何が言いたいの？」

ピタリと作業を止めて、私たちは向き合う。

適度な距離を保つ。周囲には少し離れたところに見張りの騎士がいるだけで、大声を出さない限り届かない。

「ずっと気になっていたんだよね、君のこと」

「……どういう意味で？」

「君って誰なんだろうなーって、わからなかったんだよね。そこまで完璧な幻覚魔法を使える人に心当たりがなかったから」

「――――！」

やっぱりこの男、気づいている。

「見えているのね。本当の私が」

「ああ、一度気づいてからは常にね。わざわざ偽装しなくてもいいのに。すごく綺麗だと思うよ」

「お世辞はいいわ」

「お世辞じゃないんだけど」

彼は微笑む。今のところ敵意は感じない。

「……あなたこそ、そっちのほうがいいと思うわよ」

「ああ、気づくよね」

そう、彼も同じだ。　私のように姿を偽っている。本来の姿は紫の髪と瞳が特徴的で、どこか高貴さが感じられる。

醸し出す雰囲気も、所作も、一般人ではない。

「あなたこそ何者なの？」

「先に聞こうとしたのは俺だよ？」

「答えてほしいなら、先にそっちが教えなさい」

「豪快だな。そういうのは嫌いじゃない。まぁ、こんな場所に潜入している時点で、王国にとっては敵側だよね？」

そこはおそらく一致している。問題は、目的が近いのか、それとも……。

「俺の名前は――シクロ・グレイセス」

「グレイセス……八か国同盟の！」

「そう。八つの国の一つ、グレスバレー王国の第一王子だよ」

予想の斜め上をいく。常人ではないことはわかっていたけど、まさかだ。

かつてレイニグラン王国を侵略した八つの国、セイレスト王国の手駒になった小国。

しかも王子が……。

「どうしてこんな真似を？」

「その質問は次だ。名乗ったんだ。そっちも教えてくれないか？」

「……」

どうする？

素直に名乗ってもいいのだろうか。相手は八か国同盟の王子だ。立場だけで見れば、確実に敵。

「不安はわかる。けど、名乗った意味と、ここにいることを考えてくれ。俺たちは……協力できるんじゃないか？」

「――――！」

その可能性に、私は賭けるべきか。頭の中で情報と感情が渦巻く。

目の前にいる彼を信じられるか。

それは無理だ。けれど、初めて会った時からずっと、他人だとは思えなかった。

「私は元セイレスト王国宮廷魔法使い。現レイニグラン王国の宮廷魔法使い、アリスティア・ミレーヌよ」

「――アリスティア……その名は知っている。やっぱり君が、この魔法式を作った本人だったか」

「へぇ、他国の王子にも知られていたのね。光栄だわ」

「知っているさ。君の考案した魔法はこっちでも使われているからね。そんな君がなぜ、レイニグランの人間になったのか、気になるな」

彼は笑みを浮かべて目を細める。私はちらっと警備の騎士を確認する。

まだ私たちの会話には気づいていない。

「今度はそっちの番よ。あなたの目的は何？　どうして身分を偽って宮廷に入ったの？」

「――たぶん、同じだよ」

「同じ？」

「君がレイニグランの人間ならそうだろう？　俺はこの国から、グレスバレーを解放する。奪われたものを取り戻して」

本当に、他人だとは思えない。その目的まで、私たちは重なっている。

「どういうこと？　あなたの国は望んで迎合したのではなくて？」

「違うさ。俺たちは脅されていた。従わなければ滅ぼされると。他の国だって似たようなものだろう。現に俺の妹は、人質としてルガルド王子の愛妾にされている」

「愛妾!?」

あの王子……婚約者候補を複数持つ以外にそんなことまでしているの？

どれだけ色ボケ野郎なのかしら。同じ王子でもレオル君とは大きな差ね。

「取り戻すっていうのは妹さんね」

「ああ。必ず取り戻す。父上は臆病で何もできないが、俺は違う。たとえどんな手段を使っても取り戻す」

初めて見せる表情だった。

固い決意を感じさせ、拳を握りしめる。その言葉に嘘はなさそうだ。

「君はどうなんだ？　多くを奪われた国の間者がここにいる。その目的は？」

「――決まっているわ」

この場ではもはやわかりきった答えだ。

「奪い返しに来たのよ」

「――やっぱり同じだ。俺たちが出会ったのは奇跡だ。だからこそ、協力できるんじゃないか？」

「……」

「俺たちの目的は重なっている。この国を内側から切り崩して、大国を陥れてみせる」

確かに、目的は同じだ。あとはもう、信じるか信じないかの差でしかない。

彼の言葉を、表情を……どう受け取るか。

いいや、そうじゃない。私は後戻りできない場所に踏み込んでいる。

ならばやることは変わらない。何を利用してでも、目的を達成する。

「いいわ。協力してあげる」

敵なら敵で構わない。

全部まとめて相手をしてでも、私はレオル君の理想を手助けするから。

こうして、敵地にて新たな共犯関係が生まれる。
この選択が吉となるか凶となるかは……まだわからない。

第四章

「グレスバレーの第一王子⁉」

レオル君が過去最大級の驚きを表情に出す。宮廷潜伏初日を終えて、何があったか報告した直後のことだった。

驚かれるとは思っていたけど、ここまで盛大にビックリするのは意外だった。

「予想外過ぎるだろう。まさか八か国同盟の王子が……」

「私も驚いたわ」

「……全然そうは見えないけどな」

「今はもう時間が経ってしまったから。聞いた時はちゃんと驚いたわよ」

レオル君ほどではなかったけど。私は彼に、ウルシス……いいえ、シクロ王子から聞いた内容も伝えてある。

それを思い出しながら、レオル君は顎に手を添えて考える。

「望んで協力したわけじゃない……か」

「どこまで本当のことを言っているかはわからなかったわ。けど……」

「ああ、わざわざ素性を偽って潜入してる。少なくとも王国に対して好意的じゃないのは確かだな」

「私もそう思ったから一先ず協力することにしたわ」

といっても、具体的に何かをするわけじゃない。あの後研究室に戻り、仕事をしながら彼とは話し合った。

結論、今はお互いに仕込みの時期だから、下手に動かないほうがいいということになった。

私たちは新入りで、まだ部外者に近い。まずは宮廷という職場に溶け込み、ある程度の自由が利くよう信頼を勝ち取るべき。

私も同意見だった。

「信用できるのか？」

「まだわからないわ。今後の行動次第ってところね」

どの道、お互いにばれたら大変なことになる。素性を隠している以上、協力せざるを得ない。

「どうせ目立った動きはすぐにはできないから大丈夫よ」

「ならいいが、くれぐれも」

「わかっているわ。心配してくれてありがとう」

「俺には心配することくらいしかできないからな」

そう言いながら切なげに目を伏せる。

彼のことだから、自分も一緒に無茶ができたら、とか考えていそうだ。

「レオル君にはレオル君の仕事がある。私は私にやれることをするだけよ」

「――ああ」

後ろめたさを感じる必要はない。少しでもそう伝えられたら、それでいい。

「もどかしいな。まったく……俺が君のような魔法使いなら、一緒に試験を受けに行けたのに」

「レオル君は王子でしょう？　王子が国を留守にしちゃダメじゃない」

「それはそうなんだけどさ。アリスばかりに負担をかけるのも嫌なんだよ」

「……負担なんて思っていないわ」

私は小さく首を振り、笑いながら彼に言う。

「私が今こうしていられるのは、レオル君が私を受け入れてくれたから……その恩に応えたい。これは私がやりたいことでもあるのよ」

「そう言ってもらえるのは嬉しい。でも結局は、君を国のために利用しているのと同じだ」

「いいのよ、それで。だって私は、この国の宮廷魔法使いだもの。レオル君がしたいことを全力で支えるのが私の役目だから。私の力を存分に使ってね？」

「アリス……」

「誰でもいいわけじゃないのよ」

利用されること自体に嫌悪感を抱かないわけではない。ただ、相手次第だった。

ルガルド王子やシスティーナに利用されるのは腹が立つけど、レオル君に利用されるなら納得する。

むしろもっと頼ってほしい。そして上手くいったら……ちゃんと褒めてほしい。なんて、王子に願うのは贅沢だろう。

でもそんな贅沢も、レオル君なら許してくれるから。

「俺だって、アリスがいてくれなかったら何もできなかった。感謝すべきは俺のほうだ」

「それならお互い様ね」

「……そうなるように努力しよう。俺は必ず国を取り戻す。そして君が安心して暮らせる場所にしてみせる」

「ええ」

期待している。レオル君ならきっと、それを成し遂げてくれると。そのために私は、彼を全力で支えよう。

想像する幸福な未来……その景色の中には、穏やかな時間と共に彼の姿もあった。

「その時は、レオル君も一緒に休みましょう。王子にも休暇は必要よ」

「そうだね。ぜひそうしよう」

どうか想像する未来が叶いますように。祈るだけじゃなく、私たちは行動で掴み取る。お互いが信じるものに誓って。

「あ、そうだ。君に伝えておくことがあったんだ」

「何？」

「明日、君の同僚が二人帰ってくるよ」

「同僚……？　ああ、資源探索に行っているって言ってた」

他の宮廷魔法使いのことか。この国に来てそれなりに時間が経過して、すっかり馴染んで忘れていた。

そういえば私以外にもいるんだ。

「予定通りだと明日の夕方には到着する」

「それなら間に合いそうね。どんな人たちなの？」

「面白い奴らだよ。きっと仲良くなれる」

「そう。レオル君が言うならきっとそうなのね。楽しみにしているわ」

口ではそう言いつつ、実はあまり興味がなかった。

セイレスト王国で働いていた頃から、同僚という存在へのイメージはよくない。

一応、同じ職場で働く仲間だ。でも実際は仲間なんて言葉は名ばかりで、まったく助け合いもない。私が遅くまで残業しているのを知りながら、自分たちはさっさと帰る。

そういう人たちばかりだった。

レオル君には悪いけど、他の二人がどんな人たちでも、私は一人で何でもするつもりでいた。

◇◇◇

翌日の夕刻。私はセイレストの宮廷で働いていた。胡散臭い男、グレスバレー王国の王子様と一緒に。

「今日はここまでね。帰りましょう」

「ん？　もうそんな時間か。うーん……今日も疲れたね」

「お疲れ様」

「帰り支度が早いね。君はまったく疲れてなさそうだ」

彼はニヤっと相変わらず胡散臭い笑顔を見せる。

「これくらい普通よ。あなたこそ、王子のくせに魔法使いの職務もできるのね」

「勉強したからな。ここへ来るために」

「……そう」

きっと、本当に努力したのだろう。魔法使いとしての実力は、試験の時に垣間見せている。

私を最初は欺いた幻覚魔法も一流だった。才能だけでは得られない強さを身に着けている。

そうだとわかっても、なんとなく認めたくなくて皮肉を言う。

「王子も案外暇なのね」

「こっちは国王がまだまだ現役だからね。俺の仕事なんてたかが知れている。だからこうして勝手に動けるんだよ」

「そう。まぁ、他所の国の事情なんてどうでもいいわ」

私はそそくさと研究室を出ようとする。

「あれ？　もう帰っちゃうの？　途中まで一緒に帰らない？」

「嫌よ」

キッパリと断り、私は廊下に出る。どうせ人気のない場所に移動したら転移する。

一緒に帰宅する理由がない。あと普通に面倒臭い。

「……」

道中、元々私が使っていた研究室の前を通りかかる。微かに部屋の灯りが漏れていた。

中にはきっと、システィーナがいる。私は歩く速度を変えず、その場を通り過ぎた。

今はまだ、誰とも関わるつもりはない。

いずれ必ず相対した時に、疲れ切った顔を見せてもらいましょう。

私はいつも通りに外へ出て、人気のない路地に入り転移魔法を発動させた。

レイニグラン王国の研究室に移動する。念のために残しておいた分身も消して、記憶を共有する。

「特に何もなかったみたいね」

その後すぐに、レオル君がいる執務室へと向かう。

今日は同僚が帰還する日らしい。あまり興味はないけど、挨拶くらいはしっかりしておこうと思った。

執務室にたどり着き、扉をノックする。

「レオル君、私よ」

「――入ってくれ」

扉を開ける。ドアノブに手をかけた時から、他にも人がいることには気づいていた。

扉の向こうで、レオル君が椅子に座り難しい顔をしている。その前には二人の見知らぬ男女が立っていた。

「――へぇ、こいつが噂の新入りか」

中に入って早々に、ガタイのいい男と目が合う。

彼は無造作に距離を詰めてきた。

「お前、強そうだな！　オレと戦ってくれよ！」

「――は？」

これまた予想外。いきなり同僚に喧嘩《けんか》を売られるなんて……。

「いきなり何？」

「いい魔力してやがる。お前ならオレを楽しませてくれそうだぜ」

「さっきから意味がわからないわ」

男は不敵な笑みを浮かべて私を見下ろす。対する私も視線を逸らさず睨む。

同僚にいいイメージは初めからなかったけど、ここまで突き抜けていると清々しい。

「いいねぇ。オレを前にして一歩も引かない胆力も気に入った。よし、今すぐにバトぶっ！」

「え？」

今度は何？

いきなり男が前のめりに倒れ込んできた。どうやら後ろから何かされたらしい。

その犯人は小柄で、メガネをかけている女性だった。

「エイミー！　てめぇ何しやがる！」

「こっちのセリフですよ。初対面の、しかも女性に戦いを挑むなんてどういう神経しているんですか？　野獣ですか？　それは見た目だけにしてください」

大人しそうに見えて結構な毒舌だった。当然、言いたい放題な彼女に大きな男も怒る。

「オレのどこが野獣だ！　せめて猛獣と言え！」

「そこなの？」

「あ、すみません、いきなり！　この馬鹿アレクはいっつもこうなんですよ。私はエイミーって言います。ほらアレク！　まずは自己紹介でしょ」

「んなもん戦って強さを見てからでいいだろうが」

「何言っているの？　まずは挨拶が基本でしょ？　強さなんてどうでもいいじゃない」

「バーカ、てめぇ！　魔法使いにとっちゃ強さが一番大事だろうが！」

「そう思っているのはアレク一人だと思いますよ」

ガミガミと二人が目の前で言い争いを始めてしまう。

私は何を見せられているのか。戸惑っていると、後ろでクスクスと笑っているレオル君が見えた。

「レオル君」

「あ、悪い。こういう奴らなんだ。面白いだろ？」

「面白くないわよ」

笑っていないでこの場を収めて、と視線で訴えかける。

レオル君はわかったと頷く。

「二人ともじゃれ合うなら外でやってくれ」

「じゃれ合ってねーよ！」

「じゃれ合っていません！」

「相変わらず息ピッタリだな」

レオル君は楽しそうに笑う。どこか家臣と王子という関係性に見えないのは気のせいだろうか。

「改めて紹介するよ。こっちのでかいのがアレク。戦いが大好きで強そうな奴を見つけるとすぐ喧嘩をふっかける問題児だ」

「誰が問題児だ」

「それで隣の彼女がエイミー。アレクの世話係……？　飼い主か？」

「大体それで合っていますね」

「おい、レオル、お前一回表に出ろ」

「こら、アレク。王子相手にその口の利き方はダメですよ」

飼い主というより子供と親に見えてきた。

二人ともレオル君の前でも堅苦しい感じを見せず、大きい男のアレクに関しては不遜も甚《はなは》だしい。ただの宮廷魔法使い、というわけじゃなさそうだ。

その答えはレオル君の口から聞くことになる。

「二人とも俺の幼馴染《おさななじみ》なんだ。昔からよく遊んでいたから、その名残が今でも残っている」

「そういうことね」

納得したわ。この二人の距離の近さと、レオル君に対する態度も。

「二人とも、彼女がアリスだ」

「おう、聞いているぜ！　セイレスト王国に潜り込んでいた凄腕の魔法使いなんだろ！　だから一戦やろうぜ！」

「もうアレクは黙ってて。殿下から話は伺っています。大変な任務お疲れ様でした。発魔所の修繕のことも聞いています。未熟な私たちに代わって、本当にありがとうございます」

「ただ仕事をしただけよ。気にしなくていいわ」

エイミーのほうは比較的しっかりしている人みたいだ。

隣に猛獣みたいな男がいるせいで、彼女の普通さが際立って見えるのかも。自分を未熟だと言えることも、宮廷付きという地位に驕っていない証拠で、印象は悪くない。

アレクのほうが印象最悪すぎて対比になっている。今さらだけど、初対面なのに敬語を使い忘れていた。

いきなり喧嘩を売られたせいで調子が狂う。

もっとも、二人とも気にしていないみたいだし、私も楽だからこのまま行こう。

「アリスさんは、もう完全にこちらで活動しているんですか？」

「基本はそうよ。けど今はもう一度、セイレストの宮廷に潜入しているわ」

「へぇすげえな！　向こうで派手に暴れてんのか？」

「まだよ。それはいずれ……ね」

アレクはニヤリと笑みを浮かべる。

「はっ！　その時はオレも混ぜてくれよ！　暴れるのは得意だぜ」

「嫌よ」

「は？　なんでだよ」

「邪魔してほしくないからよ。だってあなた、言うこと聞いてくれそうにないし」

「ホントそうなんですよ」

「やっぱり」

エイミーがため息をこぼす。

その横でガーガーとアレクが騒いでいるけど無視。どうやらエイミーは苦労しているらしい。

アレクは無理だけど、エイミーとは仲良くしてもいいかなと思う。

「二人は今まで資源探索に行っていたのよね？」

「はい。未開拓の地を中心に回っていました」

「見つかったの？」

「あ、それが、見つかったというか……そうじゃないというか……」

エイミーから歯切れの悪い言葉が返ってくる。

私は首を傾げる。結局どっちなのかと。すると無視していたアレクが大声で、自慢げに語り出す。

「資源は見つかんなかったがいいもんはあったぜ！」

「……一応聞くけど、何？」

どうせ大したものじゃないでしょう。と、馬鹿にする気でいた。

「ドラゴンの巣だ！」

「――え？」

そんな私の予想の遥か斜め上をいく回答。

馬鹿にするつもりだった思考回路は一気に吹き飛んでしまった。

ドラゴンとは飛竜種、魔物の頂点に位置する存在。

幻想、空想で語り継がれる存在は、物語の中だけのものでは決してない。

彼らは実在する。この広大な世界のどこかに。セイレスト王国で働いている時、一年に数回の目撃情報は確認されていた。

私も一度くらい見てみたいと、自分で探したことがある。だけど見つからなかった。

出会えるかどうかは運が絡んでくる。

そんな現実が伝説へと昇華されつつある存在を……。

「ドラゴンを見つけたっていうの？」

「おう。見つけたぜ、巣穴をよぉ」

「巣穴だけ？　ドラゴンはいなかったの？」

ドラゴンという存在に興味が湧いた私は前のめりで質問する。

アレクはニヤリと笑みを浮かべて答える。

「いたぜ。黒いのがな」

「――――！」

ドラゴンの中でも特に貴重と言われている黒個体、ブラックドラゴン。それを資源探索のついでに発見するなんて、どれだけ運がいいの？

いいや、逆か。運が悪すぎるんだ。

彼らが探索していたのは未開拓地、それもセイレスト王国に奪われなかった数少ない領地の一部。狭くなってしまった領土の中で、強大な魔物が住んでいる。

そんな事実を知られたら、今いる国民も怖がって逃げてしまいかねない。

なるほど、だからレオル君は深刻な顔をしていたのか。

「それで、戦ったの？」

「オレは戦おうとしたんだぜ？　目の前で寝てやがったからなぁ。けどこの弱虫野郎が止めやがったんだ」

「馬鹿ね。あんなのに二人で勝てるはずないでしょ。碌な準備もしないで」

「んなもんやってみねーとわかんねーだろうが！　強いほうが勝つんだ。オレのほうが強ければ勝ってたぜ！」

エミリーが特大のため息をこぼしている。

よほど苦労したのだろう。ドラゴンという強敵を前に、この戦闘馬鹿が素直に引き下がるはずがない。

出会って数分でアレクの人間性が大体わかってきた。

「賢明な判断ね。寝ていてもドラゴンの感覚器官は鋭い。敵意を持って近づけば、返り討ちにあっていたはずよ」

「へぇ、そうなのか。詳しいじゃねーか」

「前に調べたことがある。ちょうど魔物を使役する魔法を作ったばかりだったから、ドラゴンを手に入れられないかなって。探したけど見つからなかったわ」

あの時にドラゴンを見つけていれば、王城に放って破壊の限りを尽くしていたかもしれない。いいや、きっとレオル君に止められていただろう。

無用な殺戮を優しい彼は好まない。ふと三人に視線を向ける。なぜか三人とも、珍しいものを見るような目で私を見ていた。

「なに？」

「ははっ、ここにもいたじゃねーか。面白いこと考えるやつ！」

「魔物を使役って、そんな魔法を開発していたんですか？　どうやって？」

「俺の知らないうちに怖いことしていたんだな。無事でよかったよ」

三者三様の反応を見せる。アレクとエミリーは興奮気味で、レオル君はホッとしていた。何か変なことを言っただろうか。私は彼らの反応が理解できずにキョトンとする。

「なんで驚いてんだって顔だな。お前見かけによらず面白い奴なんだな。気に入ったぜ」

「だから何？」

「普通は誰も考えねーんだよ。魔物、しかもドラゴンを捕まえようなんてな！　まず無理だって諦める！　捕まえるなんて倒すより難しい！　それを実行しようとしたんだろ？　イカレてやがるぜ」

「初対面の相手に喧嘩吹っ掛けてくる男に言われたくないわね」

イカレてるなんて初めて言われたわ。

スパイ活動なんてやっているから、強く否定できないのが悲しいけど。

この男にだけは言われたくない。私は視線をレオル君に向ける。彼は肘を突いて何やら真剣な顔で考えていた。

「どうかしたの？　レオル君」

「……アリス、もしも可能なら、なんだが……君の魔法なら、ドラゴンを手懐けられるのか？」

私は少し驚いた。レオル君からそんな質問が来るとは思っていなかったから。

彼は真剣な、でも少し申し訳なさそうな表情を浮かべる。

聞くかどうか悩んだ末に絞り出したのだろうか。

「できると思うわ。やったことはないけど」

「討伐と捕獲、どっちのほうが可能性が高い？」

「そうね……私の魔法を使うにはある程度は弱らせないといけないけど……」

空想の中でドラゴンを思い浮かべる。

想定するサイズ、破壊力、魔力量……今の私の実力と、ここにいる戦力。

討伐と捕獲、どちらがベストか。ふと、私の脳内に面白いビジョンが浮かぶ。

実現することができれば、セイレスト王国への意趣返しになりそうだ。

私はニヤリと笑みを浮かべる。

「捕獲のほうが、今後に役立ちそうね」

「……そうか」

「いいじゃねーか！　ドラゴンの捕獲！　オレにも参加させろよ」

「足手まといにならないならね」

「上等だぜ。おいエイミー！　お前も参加しろよ」

「ちょっ、勝手に……まぁでも、このまま放置もできないですしね。後は殿下が決めてください」

私たち三人の視線がレオル君に集中する。

結局、この場で決定権を持っているのは王国の代表者だ。

私は彼の指示に従う。他の二人も、レオル君の言葉を待つ。レオル君は眉間にしわを寄せ、悩みながら口を動かす。

「──頼めるか？　みんな」

「ええ」

「おうよ！」

「わかりました」

こうして、ドラゴン捕獲作戦を決行することになった。

◇◇◇

「――そういうわけだから、明日の仕事は一人でお願い」

「……え？　ドラゴン？」

作戦決行の翌日、私はセイレストの宮廷でシクロ王子に事情を話した。

なんの脈絡もなく、軽い口調で。

当然、呆気にとられたような顔をする。意図的にやったから、驚かせられてスッとした。

「君の国にドラゴンがいることもびっくりだけど、捕まえに行くなんて発想は普通じゃないね」

「それは想像力が乏しいだけよ。とにかく、明日の私は分身だから、いつも通りの仕事はできるけど、それ以上はできないわ。何かあったら適当に対処しておいて」

「お願いが雑だな。まぁわかったよ。俺も何もすることなく協力者を失うのは惜しい。それに、もし君が本当にドラゴンを使役できたなら……この関係の価値が上がる」

彼は不敵な笑みを浮かべる。

ドラゴンという強大な戦力は、彼にとっても魅力的に映るらしい。

「そう。じゃあ期待しておいて」

「ああ、そうする。惜しむらくは、俺も参加したかったかな」

「そうね。あなたがいれば多少は楽になったのに、残念だわ」

「え？」

会話の途中、彼は仕事の手を止めて驚く。

何気ない会話で、特に面白いことなんて言っていない。けれど、彼は私の顔を不思議そうに見ていた。

「何かしら？」

「いや、てっきり邪魔って言われるかと思っていたからね。素直に残念がられるなんて思わなかったよ」

「――！　勘違いしないで。私はあなたの魔法使いとしての実力は認めているつもりよ。そうじゃなかったら協力なんてしないわ」

「それもそうだね。君が俺のことをちゃんと評価してくれているみたいで嬉しいよ」

「……」

余計なことを口走った、と、後になって後悔した。

何気ない一言だったけど今後は気を付けよう。

この男に対しては、賞賛も激励もいらないかな。

◇◇◇

ドラゴン捕獲作戦決行日。私たち宮廷魔法使いは、装備を整えて問題の場所へと向かった。

命をかける危険な任務だ。それぞれが決死の覚悟を抱いている。

「……本気で一緒に行くつもり？」

そんな中に、場違いな人員がいる。

「レオル君」

「ああ。ここまで来て戻れと言わないでくれよ」

「……」

王子であり、魔法使いでもないレオル君が同行することになった。

私は最初否定したけど、他の二人は肯定的だった。その理由が気になって、とりあえず同行することには了承したけど……。

「心配か？」

「当たり前でしょ。レオル君に何かあったら……私は一人になるわ」

「アリス……大丈夫、俺の特技は結構役に立つんだ」

「特技？」

彼には何か秘策があるらしい。何かをここで聞きたかったけど、レオル君は答えてくれそうにない。本番で見せてもらうしかないのは、正直不安だ。

「心配いらねーよ。実際役に立つと思うぜ」

「ですね。私たちも何度か窮地を救われましたから」

「……そう」

本当に何を隠しているのだろう。

私だけ知らないことに、ちょっとモヤっとした気持ちが芽生える。

王城から北へ馬を使って五時間。

街や村も存在しない。これまで人が暮らした形跡もない場所に、聳え立つ大きな岩山がある。

いくつもの岩が重なってできた山は、上から覗き込むと空洞になっていた。

上空にはワイバーンが飛翔していて、危険だから天辺には近づかない。それ故に、これまで見つけられなかったのだという。

「あの岩山の下に巣があるぜ」

「現実的に巣の中では戦えないので、一度追い出す必要があります。その前に、ワイバーンを退かさないと」

エイミーが作戦を簡潔に説明してくれた。

手順は三つ。まずワイバーンを静かに移動させる。

あまり音を立てるとドラゴンに気づかれ、最悪の場合はドラゴンとワイバーンを同時に相手することになる。

次にドラゴンに奇襲をかける。

おそらくこの時が、こちらがダメージを負わず、最大限の攻撃を放てる最初で最後のチャンス。

ここで決めるくらいの勢いで、特大の魔法をお見舞いする。

巣から出てきたら地上で迎え撃ち、できるだけ弱らせて私の魔法で調伏する。

「オレたちは待機でいいんだな？」

「ええ。ワイバーンの退治と最初の一撃は私に任せてほしい」

「いいんですか？　殿下」

「ああ、彼女がそういうなら任せよう」

戦闘しやすいように場所を確保してから、私だけ飛行魔法で空へと浮かぶ。

最初にワイバーンの退治だ。普通に戦えば騒音が響き、ドラゴンに気づかれる。

数も多い。倒すんじゃなくて、退いてもらおう。

「……ふぅ」

多少は緊張する。けど、私は自分にできることをするだけだ。

両手を前に、魔法陣を展開して、胸の前で一回叩く。


パンッ！

という音が拡散され、ワイバーンたちの耳へと響く。

音を聞いたワイバーンたちは岩山を旋回し、徐々に離れていく。

争う様子もなく、平和な解決。

音を発動条件にした幻術で、視覚情報を狂わせた。

彼らは岩山との距離感を見誤り、今は別の場所を岩山だと思ってクルクル飛んでいる。

「おーすげぇ、ホントにあっさり退かしやがった」

「魔法発動までの時間が極端に短い。相当な熟練度ですね」

「――こんなものじゃないよ。なんたって彼女は、たった一人でセイレスト王国の魔法基盤を作り替えた魔法使いなんだから」

さぁ、次だ。気づいていないドラゴンに、最大の一撃をお見舞いする。

ドラゴンの鱗は硬いと聞く。なら破壊力と指向性重視で、威力をドラゴンだけに集中する攻撃を。

岩山の上に魔法陣を展開する。

数は三つ、それぞれが異なる効果を持つ。

光の収束、拡散。高密度に圧縮された光のエネルギーを、滝のように激しく流し込む。

即席だから魔法名はない。

名づけるなら、そうね――

「リヒトレイン」

光の雨が降る。岩山の奥深くに眠る巨大なドラゴンに。

目覚ましにしては強烈だっただろう。

ゴゴゴゴと轟音が鳴り響き、火山の大噴火のごとき迫力で岩を吹き飛ばしながら、伝説の存在は姿を現した。

太陽の輝きが黒い姿に反射する。

「――ここからが本番ね」

ブラックドラゴンが翼を広げ、私のことを睨みつける。

よくも眠りを邪魔してくれたと。言葉は通じなくとも威圧で伝わる。

「ごめんなさい。これからもっとひどいことをするわ」

私は背後に複数の魔法陣を展開する。

放つは炎の球体。灼熱の炎に覆われた破壊の一撃を、無数に放つ。

けれどドラゴンは翼の羽ばたきでそれを弾き飛ばしてしまう。

「今のを軽々と……」

「おうおう！　元気いっぱいじゃねーか！」

「――！」

突如、ドラゴンの頭上にアレクが大剣を振り上げて現れる。

私もドラゴンも不意をつかれ、ドラゴンの脳天に鋭い一撃が振り下ろされる。

たかが大男の一撃。だがその一撃によって、ドラゴンは地面に叩きつけられる。

「はっ！　どうだ、ごら！」

ただの怪力じゃない。大剣に高度の重力を纏わせている。加えて、身体能力も底上げしているみたいね。

「やるじゃない。でも、その程度じゃまだだよ」

「あん？」

「来るわ」

ドラゴンは再び急上昇する。翼による突風と、尻尾を振り回して私たちを襲う。

私は急いで回避するけど、アレクは避ける気がない。

「エイミー！」

「わかってる！」

二人の位置が入れ替わる。アレクではなくエイミーが空へ転移し、ドラゴンの尾が迫る。

彼女は自身の周囲を透明な結界で覆った。

ドラゴンの尾が結界に当たった瞬間、その勢いを反転させて弾き返す。

物理攻撃を反射する結界『リフレクション』。

二人の華麗な連携によって体勢を崩したドラゴンに、エイミーとアレクが再び入れ替わり、今度はアレクが大剣で攻撃する。

攻撃をアレクが、防御をエイミーが担当することで、攻撃と防御の両立ができている。

二人いればこういう戦い方もあるのかと、参考になった。ただ、私には縁のない戦い方な気がしている。

「おらどうした！　こんなもんかよトカゲ野郎！」

煽るアレクにドラゴンは尻尾で攻撃を仕掛ける。

続けて体当たり。二人の連携に翻弄されている。しかし、ダメージの蓄積が甘い。

「こいつ全然元気だぞ」

「ほとんど効いてないの？」

想定以上にドラゴンの鱗は硬いらしい。でも、ダメージはある。

特に最初の一撃は確実に効いていた。

せめて後一発くらい、でかい魔法を当てられたら動きを止められる。けれどその隙が見えなかった。

「こんなんじゃこっちの魔力が先に尽きちまうぞ！」

「何か手を……アリスさん！　さっきの攻撃をもう一度撃てませんか？」

「わかったわ。でも数秒の溜めがいるの。その間を任せていいかしら？」

「おうよ！　任せな！」

「私たちで引き付けます！」

二人にドラゴンの相手を任せ、私は後退する。

大技を放つために。

「……ふっ」

笑ってしまう。

最初は一人で何とかする気でいたけど、なんだかんだで頼っている。

二人の戦いを見て安心したから。任せても大丈夫だと。

そう思える心が、自分の中に残っていたことに驚いた。私はまだ、レオル君以外の他人を頼ることができるらしい。

「悪くない気分ね」

他人を頼るのも。私は魔法陣を複数展開する。

一撃目は三つを重ねた。

今度は更なる威力向上を目的に、五つの魔法陣を重ねる。

コントロールが難しいから時間がかかるけど、二人に任せれば大丈夫。しかし、ここで予想外のことが起こる。

私が魔法陣を展開した途端、ドラゴンは二人を無視して私のほうへと視線を向けた。

「――！」

以前に調べた文献を思い出す。ドラゴンは人間に近い知能を持ち合わせている、と。

私が何を企んでいるのかを悟ったか。だけどこの距離なら届かない。

そう思っていた矢先、ドラゴンは顎を開けてエネルギーを収束させる。

「おいおいこれ！」

「ドラゴンブレス……アリスさん一旦退避を！」

そうしたいけど、魔法の準備ができる直前だ。

ここで止めると魔力を大幅に失う。

せめてこの攻撃を放って、同じタイミングでぶつけることができれば……。

「ギリギリ間に合わないわね」

「――任せろ！」

地面から聞こえる声。

レオル君がいる。魔法使いではない彼が、その眼を見開きドラゴンを睨む。


魔眼。

瞳に宿った特殊な魔力と式により、様々な能力を保有する瞳のことを指す。先天性がほとんどで、多くは制御が効かず曰く付きとなる。

現代では一種の魔法的な病とされている。私も症例として資料で見た程度だ。

まさか――

「レオル君が魔眼を」

その瞳でドラゴンを見ていた。

直後、ドラゴンの口元で集まっていたエネルギーが爆散する。

まるで制御を失ったように。ドラゴンブレスの失敗により大きな隙が生まれた。

「今だ、アリス！　叩き込んでやれ！」

「――ええ、ありがとう」

よくわからないけど、おかげで全力の魔法を放てる。

最初の三倍は覚悟しなさい。

今度こそ空から地面に叩き落して、飛べないくらい弱らせてやる。

「降りなさい！」

光の雨が降る。特大の光はドラゴンを包み込み、地面を抉っていく。

いかに硬い鱗でも、その衝撃を完全に打ち消すことはできない。

光の雨と地面との激突により、その衝撃は全身へ伝わった。

今ならできる。私が考案した魔物を調伏する魔法式を！

「私たちのものになりなさい」

地面に寝そべるドラゴンを魔法陣で包み込み、淡い光が漂う。

光の粒子はドラゴンの中に入っていき、睨んでいた瞳が柔らかくなり、緩やかに眠っていく。

これで私の魔力とドラゴンの身体が繋がった。アレクとエイミーが近づいてくる。

「大人しくなりましたね」

「できたのか？」

「ええ、お陰で調伏は成功したわ。ありがとう」

私は二人にお礼を言う。一人で挑むよりも、ずっと戦いやすかったし安心できた。

同僚なんて興味なかったけど、こういうのは悪くない。

レオル君も……。

「お疲れ様だ。みんな」

「レオル君もね」

聞きたいことはあるけど、今は酔いしれよう。伝説のドラゴンを手に入れた達成感に。これから引き起こす物語に。

大きな手駒が一つ増えた。

ドラゴンの力を借りて、本格的に奪い返しに行くとしよう。

調伏したドラゴンは巣に待機させる。さすがにこの巨体を王都に移動させれば、せっかく残ってくれている国民が逃げてしまうから。

大仕事を終えた私たちは王城に戻っていた。

「どうして内緒にしていたの？」

「怒っているのか？」

「別にそうじゃないわ。少し寂しいとは思っているけど」

私だけ彼の目に宿る力を知らなかった。そのことを寂しいと思う……これは嫉妬という感情に違いない。

遠く離れていても長い付き合いだ。私が多くを相談したように、彼もそうしてくれていると思っていた。だから寂しい。

「黙っていたことは謝るよ。打ち明けようと考えたこともある」

「じゃあどうして教えてくれなかったの？」

「……怖かったんだよ。君に避けられるんじゃないかって」

「どうして私が避けるのよ」

口ではそう言いながら、彼の不安も理解できる。

魔眼という力が世間一般でどう思われているか……もちろん私も知っている。

宮廷なんて場所で働いていたんだ。普通の人よりも深く知識がある分、魔眼をどう見るかは人によって差が生まれることは知っている。

魔法の病、呪われた瞳。そんなふうに言われ、魔眼持ちは忌み嫌われる。

「心外だわ。そんなことで私がレオル君を嫌いになると思ったの？」

「アリス……」

「レオル君だけだったのよ。私の努力を肯定してくれたのは……レオル君の言葉に何度も救われた。たとえあなたが誰でも、どんな姿をしていても、この感謝の気持ちは消えないわ」

「……ありがとう。そう言ってくれる君だから頼りになるんだ。黙っていて本当にすまなかった」

レオル君は何度も頭を下げる。

謝ってほしいわけじゃない。私はただ、彼に信じてもらえていなかったことが悲しいだけだ。

子供みたいに苛立っている。

「もういいわ。他にはない？　黙ってること」

「ああ、誓ってない。この眼のことくらいだ……」

彼は魔眼が宿る瞳を隠すように手を添える。

その表情からわかるように、彼自身コンプレックスに感じているに違いない。

世間一般の評価を、彼が一番気にしているのかも。

「魔眼も一つの才能よ。どれだけ努力しても得られない。むしろ羨ましいくらいね」

「そんなこと初めて言われたな」

「子供の頃から隠していたの？」

「いや、実を言うと知らなかったんだ。俺にこんな力があるなんて」

「知らなかった？」

彼は小さく頷く。魔眼の多くは先天性で、生まれながらに宿している。

後天的に得られる事例はほぼない。特殊な条件が重なり、奇跡的に発現したのは私が知る限り一例だけだ。

先天的に魔眼を持つ者の多くは、生まれた時に周囲に気づかれている。

「誰も気づかなかったっていうの？」

「そうらしいな。父上に聞いても知らなかったと答えた。俺が気づいたのは、数年前に外で魔物に襲われそうになった時だ。偶然力が発動して、なんとか生き延びた」

「死に瀕して力が覚醒した？」

まさか後天性の魔眼？

だとしたら魔法界にとっても一大ニュースだ。

「……その話、誰にもしちゃだめよ」

「わかっている。知っているのは君を除けば父上とあの二人だけだ」

「そう、ならいいわ」

もし露見すれば、彼の瞳に興味を持つ国が現れるかもしれない。

王子としてではなく、魔眼持ちとして狙われる。ただでさえ敵が多いのだ。

今以上に状況をややこしくしたくない。力を隠すことは、彼を守ることにも繋がるだろう。

そういう意味では、私に黙っていたことを責められない。

「それで、ドラゴンを使ったいい方法を思いついたって話だけど、そろそろ教えてくれないか？」

「いいわ。ただ話す前に、会ってほしい人がいるの」

「珍しいな。君が俺に他人を紹介するのは初めてじゃないか？」

「そうね。できれば会わせたくなかったわ。けど、利用価値は高いもの」

レオル君はキョトンと首を傾げる。

この時点ではわからないだろう。私が誰を連れてきているのか。

本当は気乗りしないし、会わせてしまって平気なのか不安はある。ただ、これから行う作戦に
彼の協力は不可欠だ。

幸いにも、その目的は似ている。

「もう呼んである。入れていいかしら？」

「ああ、構わない」

「――だそうよ」

「待ちくたびれたよ」

彼は扉から入ってこない。演出なのか、目立ちたがり屋なのか。

いつの間にか窓が開いていて、彼がそこに立っていた。風が吹き、紫色の特徴的な髪が靡く。

「アリス、彼がそうなのか？」

「ええ」

レオル君も彼の独特な雰囲気を感じているのだろう。

私も、初めて言葉を交わした時はこう思った。

この男、胡散臭いと。ただ、その正体を知ってから、少しだけ認識を変えざるを得なかった人物でもある。

「お招きいただき感謝します。まず始めに自己紹介を。私はグレスバレー王国の第一王子、シクロ・グレイセス」

「――！　八か国同盟の王子……そうか、貴殿がアリスが話していた協力者か」

「はい」

敵国の王子同士が一つ屋根の下で対面する。

果たして、この選択は正しかったのか。重たい空気が流れる中で、二人の対話を見守る。

「貴殿の話はアリスから聞いている。さぞ苦労しているとか」

「いえいえ、大国に加えて七か国から睨まれている貴国の現状に比べれば大したことではありませんよ」

「それを自らの口で言うのですね」

「疑いようのない事実ですから。我が国がしたことも、この現状の要因を作っていることも」

まさに一触即発。敵国のトップ同士が邂逅しているのだから、当然といえばそうだけど……。

もし戦いにでも発展したら面倒だから、この辺りで介入しよう。

「お互いに遺恨はあるだろうけど、今は飲み込んでもらえないかしら？」

二人が揃って私に視線を向ける。

レオル君はいつもより怖くて、シクロ王子は普段の飄々《ひょうひょう》とした態度ではない。

それでも私は毅然《きぜん》とした態度で言い放つ。

「シクロ殿下、ここへ来たのは協力するためでしょう？　違うなら帰ってもらうわよ」

「……そうだったね。失礼した」

「レオル君も、今ここで言い争っても何も手に入らないわ」

「……わかっている。感情的になった」

私は心の中で小さくため息をこぼす。

遺恨は消えない。けれど、過去に囚われていては前に進めないのも事実だ。

利用できるものは何でも利用する。

ここにいる誰もが、理想を掴むためには手段を選べないことを知っているはずだ。

「私たちの目的は、セイレスト王国に奪われたものを取り戻すことよ。そのために必要なものは準備してきた。本当はもっとじっくり攻めるつもりだったけど、幸運があったわ」

「ドラゴンの調伏だね。その話を聞いた時は驚いたよ。しかも成し遂げてしまったそうじゃないか」

「わざとらしいリアクションはやめて」

「おっと厳しいな。心から驚いたし賞賛しているんだよ？　だから俺も、この話に一枚噛むことに決めたんだ」

シクロ王子は不敵な笑みを浮かべる。

私のもう一つの幸運……これを幸運と呼ぶにはいささか不本意だけど、彼の存在だ。

私に匹敵する魔法使いで、八か国同盟の一柱クレスバレー王国の王子。

この男が味方にいることが、私に大胆な一歩を踏み出させる。

「アリス、そろそろ俺にも話してくれないか？　君が考える最良の方法を」

レオル君が尋ねる。私はあえて数秒呼吸を整えてから語り始める。

「ドラゴンに八か国の資源採掘場を襲撃させるわ」

「——！」

レオル君が両目を大きく開いて驚愕する。

信じられない、という顔だ。気持ちはわかる。

優しく争いごとが嫌いなレオル君にとっては、私の発言は耳を疑うものだろう。ただ、今回は私も本気だ。

「……詳しく聞いていいか？」

「ええ」

私はレオル君に作戦の全貌を伝える。

この作戦が成功すれば、八か国同盟のうち最低でも一つは切り崩せる。

セイレスト王国が巨大になった一番の要因は、七か国との繋がりを得ていたことだ。

秘密裏に取引をして、レイニグラン王国を襲撃させた。

この時点で勝敗は決していたことに、レイニグラン王国は最後まで気づけなかった。もしもあの時、七か国が傍観していたら。

二つの大国、どちらに付くかで意見が割れていたら。

今みたいな圧倒的な差を持って、勝敗が決まることはなかったはずだ。

「……確かにその方法なら、奪い返せるかもしれない……だが……」

「レオル君が気にしているのは被害のことでしょう？　その辺りは大丈夫よ。私だって大量殺戮がしたいわけじゃない。ドラゴンを使うのはただの脅しよ」

「脅し……か。だがそれだけで本当に、七か国が裏切るのか？」

「そこは俺が保証しますよ。レオル殿下」

そう言ったのはシクロ王子だった。

彼は自分が説明すると主張するように一歩前に出る。

「俺の国がそうであるように、七か国はそれぞれセイレスト王国に弱みを握られている。当時から力関係はハッキリしていた。だから逆らえず、戦争を仕掛けた」

「だから自分たちは悪くないと？」

「そんなことを言うつもりはありませんよ。ただ、知っておいて頂きたい。俺のように、セイレスト王国を恨む者たちは多い。理由、きっかけさえあれば靡くほどに、あの国は歪《いびつ》なバランスで成立しているんです」

大国を支える八本の柱。強固に見えたそれは、中を覗けば空っぽの積み木でしかない。

吹けば飛ぶような軽い柱だということに、私たちは誰も気づいていなかった。

シクロ王子の主張が真実なら、十分に切り崩せる。そして私も考えた。

七か国全てをこちら側に引き入れた時点で、私たちの勝利は確定する。

奇しくもその結末を迎えれば、かつて彼らがレイニグラン王国に見せた景色を、彼ら自身が目にすることとなるだろう。意趣返しとしては完璧だ。

「……貴殿は、妹を奪われているそうだな」

「ええ、彼女から聞いていましたか」

「ああ、妹を取り戻すことが貴殿の望みということで、間違いはないのか？」

「そうですよ。俺の家族を、あんなクソの塊のような男に奪われたまま放っておけない」

シクロ王子の声色が変わる。低く、どす黒い怒りを纏わせた言葉に、空気が凍る。

今の発言に嘘はない。本気で、セイレスト王国を、ルガルド王子のことを恨んでいるのが伝わった。

ある意味、この発言が、レオル君がシクロ王子を信じるきっかけになったのかもしれない。

「必ず取り戻す。妹も、国も、本来あるべき姿に戻す。それが俺の目的です」

「そうか……ならば協力できそうだな。特に肉親を奪われた痛みは……他人事とは思えそうにない」

形は違えど、肉親が苦しい思いをしているのは二人とも同じだった。原因か要因か、そんなことは些細な違いでしかない。

「この作戦が成功すれば、貴殿の妹の奪還に近づくのだな？」

「俺はそのつもりですよ。まぁ実際、彼女次第なところもありますが」

二人の視線が私に向けられる。

今回の作戦は長丁場になる。最後まで成功させられるかどうかは……私にかかっていると言ってもいい。

「私は失敗しないわ」

「なら賭けるよ。もし妹を取り戻せたら、グレスバレー王国は全面的にレイニグラン王国を支持する。父上は俺が説得してみせよう」

「いいわね。その言葉、忘れないでよ？」

「ああ、忘れはしない。妹を取り戻してくれるのなら……俺は君たちの味方だ」

総意は得た。作戦は準備が出来次第、早急に動き出す。

さぁ、大一番だ。

ここから一気に、奪い返しに行こう。

◇◇◇

シクロ王子が王城から去った後、私はレオル君と段取りについて再確認していた。

「この流れで問題ないな」

「ええ。当日は忙しくなるわ」

「いつもすまないな」

「気にしなくていいと言っているでしょう？　これが私の」

「やりたいことだから、か」

「ええ」

レオル君が後ろめたさを感じる必要はない。

目的のためなら何だってやる。誰とだって協力してみせる。

「シクロ殿下のことは、どこまで信じているんだ？」

「半分かしら。少なくとも、妹を助けたいという言葉に嘘はないと思ったわ」

「そうだな。俺も感じた」

「それに、彼は魔法使いとしても優秀よ。味方になってくれるなら、そのほうが都合がいい」

私ほどではないけど、宮廷の中でも上位の実力を持っているのは確かだ。

その力を得るためにした努力は隠せない。飄々とした態度とは裏腹に、彼は誰よりも努力する人間だったのだろう。

「……」

「向こうではずっと一緒か」

「ええ。研究室も同じなの。おかげで人となりはよく観察できるわ」

レオル君が寂しそうな横顔を見せる。

「どうかしたの？」

「いや、こんなことを言うべきじゃないと思うんだが……少し羨ましいと思ってね」

「羨ましい？」

「最近は、彼のほうが一緒にいる時間が長いだろう？」

それって……。

レオル君はシクロ王子に、嫉妬しているみたいだった。

「ふふっ」

「なんで笑うんだよ」

「子供みたいね」

「大人でも寂しいと感じるさ。特に、一緒にいたい相手ならな」

「……」

レオル君はこういう時、自分の感情を隠さず私に伝えてくれる。心を晒け出す彼の前では、私も偽りない自分を見せたい。

「私にとって一番近くにいるのは、どこにいてもレオル君だと思っているわ」

「アリス……嬉しいな。そう思ってもらえて」

言った後から恥ずかしくなる。

なんだか愛の告白みたいなセリフだ。そういう意図はなかったのだけど、この言葉が一番いいと思ったのは、もしかしたら……。

◇◇◇

某日、事件は起こる。セイレスト王国と同盟を結んでいる七か国から、次々と情報が送られてくる。

その情報とは、ドラゴンの出現だった。

「聞いたか？　またドラゴンが出たらしいぞ」

「ええ？　昨日もその話してなかったか？」

「また出たんだと。今度はベリッカ王国の上空、しかも資源採掘場の近くらしい」

「うえ、今度俺そこの警備に配属されたんだけど……」

「ご愁傷様。先に遺書でも書いとけ」

「縁起でもないこと言わないでくれよ！」

王城、特に騎士団隊舎と宮廷ではこの話題が多くなっていた。もしもドラゴンが街や採掘所を襲うようなら、騎士や魔法使いが対処しなくてはならない。

伝説の存在になりつつあるドラゴンと戦ったことがある者など皆無だ。

未知を恐れる人間の心理によって、皆の不安が高まっていく。その声は当然、私たちの元にも届いていた。

「順調に広がっているみたいね」

「そうだな。恐ろしいものの情報は拡散が早くて助かるよ。ちなみに聞くけど、まだバレていないよな？」

「当然でしょ。そんなヘマはしないわ」

「さすがだよ。それでこそ俺の相棒だ」

「勝手に相棒にしないでくれる？」

噂の原因を作っているのは、もちろん私たちだ。

私が分身を使ってドラゴンに乗り、八か国の目立つ場所を飛び回っている。

今はまだ襲撃するわけじゃない。

ドラゴンが近くにいると見せつけているだけだ。

恐怖を、不安を煽るように。そしてセイレスト王国がドラゴンの存在を認知しながら、手をこまねいているという状況を作りたかった。

「王国のほうは目立った動きはなし、そろそろいいんじゃない？」

「そうね。どこを狙いましょうか」

狙うのはシクロ王子のいるグレスバレー以外の一か国。実際に襲撃する国は一つでいい。

どこにするかは、まだ少し悩んでいた。

「俺のオススメはリッツバーグ王国だよ」

「どうして？」

「八か国の資源採掘場の中で一番大きく、この国から離れているから。その後のことを考えると都合がいいんじゃないかな？」

「確かにそうね。いい案だわ」

襲撃はあくまで計画のスタートラインに過ぎない。

大事なのはその後の展開だ。一つでもズレれば計画は瓦解する。

不安因子を取り除くためにも、彼の言うように条件が揃っている場所を襲ったほうがよさそうだ。

「じゃあ行ってくるわ。留守番をよろしく」

「え、もう行くのかい？　忙しないなぁ」

「噂が新しいうちに、次に進めたほうが印象に残るでしょう？　こういうのは考える暇を与えちゃいけないの」

「それもそうか。気をつけていってらっしゃい」

「ええ」

私は研究室の本体と、レイニグラン王国で待機していた分身を入れ替える。その後すぐに巣穴に転移して、寝ているドラゴンを呼び起こす。

「さぁ、暴れる時間よ」

私はドラゴンの背に乗って飛び立つ。

空中に飛び上がってから転移して、すでにマーキングを施してあるリッツバーグ王国資源採掘場の付近へ転移させる。

これほど巨大なものを転移させるのは相当な魔力を消費するから、あまり乱発はできない。けど、いきなりドラゴンが上空に現れたら誰だって驚く。

「な、何だ？　急に空が暗く……まさか――」

「ド、ドラゴンだぁ！」

更なる恐怖を煽る。資源採掘場が騒がしくなり、働いている者たちが逃げ回る。

護衛の騎士たちが採掘場を守護するため集まってきた。

「だ、大丈夫だ。この間も飛び回ってるだけで何もしてこなかった」

「ああ、今回も……」

声は聞こえなくても、彼らがそう思っていることは手に取るようにわかる。だからその期待を、裏切ってあげましょう。

「ブレスよ。隣の山を崩しなさい」

私の命令に従い、ドラゴンが顎を開く。以前は不発に終わった最大の一撃は、放たれていればあらゆるものを破壊した。

こんなふうに――

「う、うわあああああああああ」

「撃ってきたぞ！」

「あんなの食らったら一溜まりもない！　逃げろおおおおおおおお」

騎士たちが尻尾を巻いて逃げ出してしまった。

直接当てたわけでもなく、近くにあった山を一つ吹き飛ばしただけで。

「情けないわね。けど、それでいいのよ」

恐怖は伝播する。ここで見たものを、彼らは他者に伝え聞かせる。

誇張された内容で、より恐ろしく、尻込みするような出来事として。

ドラゴンが資源採掘場を襲撃したニュースは瞬く間に広がった。

セイレスト王国にとって資源は国民と同じくらい大切だ。

必然、資源採掘場の警備を強化することとなる。

これも全ては狙い通り。予想通りの動きをしてくれたおかげで、次の段階に進めることができそうだ。

◇◇◇

ドラゴンの襲撃によって資源採掘場はパニックとなった。

幸い死傷者はなく、採掘環境への影響もない。しかし一度でも襲われた者たちは、安心して作業することなどできない。

退職、休職を懇願する者も増えた。

必然的に同盟国であるセイレスト王国は対応せざるを得ない。

同様の不安感は各国の資源採掘場へと伝わり、全ての採掘場の警備を強化する方針で話が進む。

が、ここで新たな展開が発生する。

各国に警備の人員を派遣したことで、必然的に警備が手薄になる場所がある。

そう、セイレスト王国の主要都市、王都だ。誰も想像していなかっただろう。遠く離れた地を襲ったドラゴンが、セイレスト王国の上空に現れるなど。

「ド、ドラゴンだ！　ドラゴンが現れたぞ！」

「嘘だ……なんでここに……」

「お母さんあれ見てー！　おっきいよ！」

「そんなこと言ってないで走りなさい！　逃げるのよ！」

当然のごとく、王都はパニックに陥る。

王城内も混乱していた。戦う力がない者は焦り、騎士や魔法使い達も慌てふためく。

「お、俺たちはどうすればいいんだ？　ドラゴンと戦うのか？」

「無理だろ……あんなのと戦えるのか？　聞いた話じゃ、一撃で山を吹き飛ばしたんだろ？」

「終わりだ……」

騎士たちの心は折れかかっている。

魔法が使えない者たちにとって、自身より圧倒的に大きく恐ろしい存在に対抗する術はない。

つまり、希望は宮廷魔法使いに託された。伝令が走る。

「宮廷魔法使いに伝令！　直ちにドラゴンを撃退せよ！」

「お、おいおい、いくら何でも丸投げは」

「戦うのは得策ではありません。今のところドラゴンは上空を飛んでいるだけです。ならば刺激せず、万が一に備えて結界を強化しましょう」

こんな状況でも室長は冷静だった。さすが普段から毎日のように仕事と戦っているわけじゃない。

他の魔法使いたちに指示を出し、自身もいち早く王城の外へと走っていく。

私たちはそれに続く。

「いい？　わかっていると思うけど、私の本体はあっちにいる。手助けは期待しないで」

「わかっているよ。ここが俺にとっての大一番だ。かならず目立ってみせるさ」

「期待しているわよ」

私とシクロ王子は王城の外へと辿り着く。ドラゴンが王城を見下ろすように空高く飛んでいる。

私たちが外に出た直後だった。

ドラゴンは血相を変え、王城に向かって顎を開き、ドラゴンブレスを放とうとする。

「まさかブレスを……皆さん！　結界の強化を！」

室長が叫ぶ。が、ドラゴンの一撃は山をも吹き飛ばす。

急ごしらえに強化した結界などでは対応しきれない。

それは室長も理解している。しかし、もはやとれる手段はそれしかなかった。

多くの者たちが死を悟る。

そんな中、一人の宮廷魔法使いが空を駆ける。

「あれは――」

「いってらっしゃい。シクロ殿下」

魔法使いはブレスを構えるドラゴンの顔前に転移し、拳で思いっ切り殴り飛ばす。その衝撃でブレスの照準がぶれ、放たれた一撃は空に浮かぶ雲を貫通する。

王城の、王都の窮地を救ったのはほかでもない。

まだ新人で、最近宮廷入りしたばかりの新参者。

「イスカさん？」

残念、私の分身はまだ地上にいる。

今飛び出したのは私ではなくて、私の姿に偽装しているシクロ殿下だ。

私以外の全員には、私が戦っているように見えている。

いかに宮廷魔法使いでも、私がすぐに見抜けなかった彼の幻術に、この一瞬で気づくことはできない。私の本体は今、ドラゴンの背に乗って姿を隠している。

ここでの目的では、私が目立ってドラゴンを撃退したという実績を作ること。

さぁ、始めましょう。

世界一大胆な茶番劇を！

「まったく、女性の姿で暴れるのは少々気が引けるけど、これも役割だからな。派手にいくよ！」

私に変身したシクロ王子の背後に、無数の魔法陣が展開される。

それらを一瞬で一つにまとめ、多重融合した魔法陣から光り輝く球体が生成される。

球体は掌に乗るサイズ。これを彼はドラゴンに向けて撃ち出す。

「上手くいなしてね――ハイパーノヴァ」

着弾と同時に光の球体は大爆発を起こす。

爆発による突風は王都中に広まり、その威力を遺憾なく発揮する。

「派手過ぎよ」

目立つためとはいえ、そんな攻撃を王都の上空で使うなんて。しかも、ドラゴンには私の本体が乗っているのに。

後で少し説教が必要みたいね。

「怒られるかなぁー、けど、君ならこの程度は余裕で対処できるだろう？」

「――まったく、怖い男ね」

本体の私はドラゴンの背に隠れながら文句を言う。

その声はシクロ王子の耳に届き、彼はニヤリと笑みを浮かべた。

「それはこっちのセリフだよ」

攻撃を受けたドラゴンとしばらく睨み合う。緊張が漂う中、ドラゴンは空中で踵を返す。

そのまま空高く舞い上がり、王都の上空から飛び去ってしまった。

「お、おお！　ドラゴンを撃退したぞぉ！」

「すごい……たった一撃で追い返した！」

歓声が沸き上がる。

多くの人々は目撃した。私が、私に扮したシクロ王子が強大な敵に勇敢に立ち向かい、勝利を収める瞬間を。

それを見ながら、私はほくそ笑む。

「いいわよ」

目立つことで、多くの人たちの目に留まる。しかも撃退したのは女性で、優秀な魔法使いでもある。

必然、彼の目にも留まる。私が嫌いな人間の中でも、トップクラスに入る男……。

顔がいいだけの色ボケ王子、ルガルド王子に。

◇◇◇

新人宮廷魔法使いがドラゴンを撃退した。

誰もが手をこまねいている中で、たった一人で勇敢に立ち向かった。

これは快挙である。英雄の誕生である。民衆はそのことに歓喜し、多くの賞賛を得た。

そして――

宮廷魔法使いイスカは国王陛下より勲章を授与された。

その特典として、一般人だったイスカは子爵の地位を与えられることになる。

平民から貴族へ仲間入りを果たす。

「嬉しくなさそうだね」

「当然でしょ？　全部自作自演だし、気持ちよく撃退したのもあなただし」

「まだ怒っているのかい？　君の力を信じていたから全力を出しただけなんだけど」

「ふんっ、じゃあ今度は逆の立場でぜひやってみたいわね」

「……それは遠慮しておくよ」

爵位を得ても、私の仕事は変わらない。宮廷の研究室で仕事をしながら、順調に事が進んでいることを喜ぶ。

シクロ王子が尋ねる。

「それで、例の人物からコンタクトは？」

「まだよ。でも時間の問題ね。他の貴族たちからのアプローチが激しくなっているわ」

「モテモテだね」

「馬鹿にしてるの？　それとも代わってあげましょうか？」

「それこそ遠慮しておくよ。男に迫られたって何も嬉しくないからね」

「……私だって一緒よ」

目的のためとはいえ、知らない男たちに口説かれたり、廊下を歩いているだけでも呼び止められたりする。

注目されるのも窮屈なのだと実感した。

誰にも構われず、放置されていたあの頃が、案外性に合っていたことに今さら気づかされる。

トントントン――

そんな話をしている最中、研究室の扉をノックする音が聞こえた。

私たちは目を合わせる。

「どうぞ」

「――失礼するよ」

声の主に一瞬で気づき、シクロ王子は転移魔法で部屋から消える。

扉を開けて入ってきたのは、目的さえなければ二度と顔を見たくない人物だった。

「ルガルド殿下！」

「やぁ、仕事中に邪魔してしまってすまないね」

彼は優しい笑顔を見せる。世の女性なら、この笑顔にドキッとするのだろうけど。

私の場合はイラっとする。彼はキョロキョロと部屋の中を見回す。

「あれ？　もう一人一緒に研究していると聞いていたんだけど……」

「はい。彼なら外出で、今は私だけです」

「そうか。それは好都合、実は君と話したいと思っていたんだ」

「私とですか？　光栄です」

できるだけ明るく、彼が好みそうな人柄を演じる。

現れた目的はわかっている。

「聞いているよ。ドラゴンを撃退した英雄さんなんだって？」

「いえ、そんな……」

「もっと勇ましい人物かと思ったら、こんなにも可愛らしい女性だったなんて驚きだよ」

「あ、ありがとうございます」

私のことを口説くためだ。ドラゴンを撃退できるだけの実力を持ち、世間的にも認められ、爵位を手に入れた。

彼が口説く条件は揃っている。否、揃えさせた。

「僕はぜひ君と仲良くなりたい。できれば食事なんて一緒にどうかな？」

「はい。ぜひ」

元よりイスカの偽装も、この男が好きそうな顔にしておいた。

全ては彼に見つけてもらうために。思惑通り、彼は私を口説き始める。

この翌日から、毎日のように私に会いに来て、時には自分の部屋に誘ったりもしてきた。

私もそれを拒否しない。できるだけ、彼の好みから外れないように、従順な女性を演じている。

今日もまた、彼の部屋に招かれ談笑する。

「君といると楽しくて仕方がないよ」

「私もです。こんなにも幸せな時間を過ごせるなんて、夢のようです」

「僕もだよ。できればこれからも一緒に……ねぇイスカ、僕の婚約者候補の一人になってくれないかな？」

「私をルガルド殿下の婚約者候補に？　よろしいのですか？」

「ああ、君が相応しい」

彼は私の肩に腕を回し、そっと抱き寄せる。

「まぁ、なんて素敵なお話なのでしょう。ですが少し不安です。宮廷のお仕事が忙しくて、殿下に忘れられてしまうのではないか……」

「心配ないよ。僕の婚約者候補の一人に同じ立場の子がいる。忙しいなら、彼女に全部任せてしまえばいい」

「よろしいのですか？」

「ああ、構わないよ。彼女のほうが先輩だからね。それに……今の僕には君のほうが大事だ」

この瞬間、ルガルド殿下はシスティーナを見限り、私に乗り換えることを決めたようだ。

可哀想だとは思わない。彼女にだって非はあるし、私はちゃんと彼女も恨んでいる。

ただ……。

この男はクズだ。コロコロと女性を手玉にとって、いらなくなったら捨てる。

顔を見ているだけでも虫唾が走る。

「僕の婚約者になってくれるかい？」

「はい。殿下」

本当は嫌だ。

何が悲しくて、こんな最低男の婚約者候補になんてならなくちゃいけないのか。だけど全ては目的のためだ。

奪われたものを取り返すために、この関係は必要になる。彼は唇を近づけようとする。

ここは黙って、彼が望む女性像を貫き通す。

唇が近づく。

私は咄嗟に、顔を遠ざけてしまった。

「イスカ？」

「すみません。この後の予定のことをすっかり忘れていました。急いで戻らないと」

僅かに殿下はムスッとする。しかしすぐ表情を戻して、ニコッと笑みを浮かべて言う。

「そうなのか。じゃあこの続きはまた今度に」

「はい。ぜひ」

私は殿下から離れてその場を立ち去る。

愛想笑いを最後までして、お淑やかに部屋を出ていく。

「……ふぅ」

私もまだまだ覚悟が足りないわ。嫌だから口づけを避けてしまうなんて……。

でも、種は撒かれた。これで王城での下ごしらえは大方終えられた。

いよいよ始まる。私たちの復讐劇が。

◇◇◇

ルガルド王子は僅かに苛立《いらだ》っていた。

今日はこの場で、彼女の身体をいただくつもりでいたから。

「……まぁいい。あの様子なら次回は従順に……ん？」

ふと足元に落ちているものに気づく。

アクセサリーだった。しかし特徴的なのは、ある家の家紋が入っていること。

「これはミレーヌ家の……なぜ彼女が……！　そうか、そういうことか」

ルガルド王子はいやらしい笑みを浮かべる。
全てを悟ったように。

第六章

王都をドラゴンが襲った数日後、再びドラゴンの目撃情報が入る。

場所は初めて実質的な被害を受けたリッツバーグ王国。

セイレスト王国に出現したドラゴンが魔法使いによって撃退された報は遠方の地にも届いている。リッツバーグ王国はセイレスト王国に支援を願い出た。

が、これをセイレスト王国は拒否する。

「なぜだ！　なぜ支援してくれない！　同盟国だろう！」

リッツバーグの国王は激怒した。

ドラゴン撃退のための戦力を貸してほしいという申し入れを、セイレスト王国は早急に拒絶したからである。

ドラゴンに対抗し得る戦力は限られている。

人員を各国に割いた直後の襲撃により、セイレスト王国の首脳陣は他国に兵を回すより、自国を守ることを優先した。

結果、徐々に派遣していた兵たちを呼び戻していく。

兵の呼び戻しは、セイレスト王国から離れた国から順に始まっていた。

「くそっ……自分たちだけ助かればそれでいいというのか！」

同盟八か国の中で最も遠方に位置するリッツバーグ王国。

資源採掘所の大きさから、相当数の騎士たちが派遣されていたものの、現在は半数以下まで減少してしまっている。

この程度の人員ではドラゴンには対抗できないと考えたリッツバーグ王国は、他の六か国にも支援を願い出た。しかし、どの国も自国を守ることで精いっぱい。

次にドラゴンが襲うのは自分たちの国かもしれない。

そんな恐怖が膨れ上がる中、ドラゴンはついにリッツバーグ王国の王都上空を飛ぶようになる。

「陛下！　またしても上空にドラゴンの姿が！　民衆が混乱しております」

「そんなことわかっている！　だがどうしろというのだ？　我々の戦力だけであれに対抗できるか？　刺激しないことが最優先だ！」

彼らは手を出すことすらできない。

下手に刺激すれば大惨事になることはわかりきっている。

ドラゴンは何度も現れるが、特に何もしてこない。しかし、数回目撃された後で採掘場が襲撃されたように、いずれは王都も攻撃される可能性が浮上する。

何とかしなければならない。

城を、国を、国民を守らなければならない。大国の助けは得られない。

他の六か国も自分たちのことで精いっぱい。もはや頼れる相手などいなかった。

そこに、来客が現れる。予期せぬ相手が。

「陛下。陛下にお会いしたいという方々がお見えになられております」

「セイレスト王国からか?」

「いえ、それが……レイニグラン王国から」

「――――! 何だと? なぜ今になって……」

疑問を抱きながらも国王は会うことを決断する。こんな状況だからこそ無視できない。

たとえ敵対国家だとしても。

◇◇◇

レイニグラン王国の東。八か国の中で最も大きな資源採掘場を管理する国家、リッツバーグ王国。敵国の中心地である王都、その王城に、私とレオル君はやってきた。

「覚悟はいいか?」

「もちろんよ。レオル君のことは、いざとなったら私が守るから」

「頼りにしているよ」

ここは敵地、何が起こるかわからない。

私たちは気を引き締め、国王への謁見を求める。

意外にもすぐに許可は下りた。おそらく切迫した状況だからこそ、問題となりそうな事柄に早めに対処したかったのだろう。

それとも一縷《いちる》の期待でもあったのだろうか。

ともかく、私たちは目的通りリッツバーグ王国の国王と話す機会を得た。

場所は応接室。私とレオル君、リッツバーグ国王が向かい合って座る。

「ようこそいらっしゃいました」

「こうしてお会いするのは初めてですね。リッツバーグ国王」

「ええ、そうですね」

この二人は間接的に面識があるようだ。

それも当然か。現国王がまだ元気だった頃は、敵国ではなく隣国として接していたのだから。

今となっては、国の衰退の要因を作った憎き相手だが。

リッツバーグ国王の視線が私に向く。

「そちらの女性は？　殿下のお相手でしょうか？」

「いえ、彼女は私の下で働く宮廷魔法使いです」

「ほう。貴国にも魔法使いが残っておられたのですね」

皮肉を言う。すでに衰退した国に魔法使いを雇う余裕があるのかと。

かつての大国も、今は八か国以下の国力、見下されて当然だが……不愉快ではある。

レオル君はよく表情に出さないものだ。

内心では苛立っているはずなのに、さすが王子様だ。

「此度はどのようなご用件でしょう？　私どもも忙しいので、できれば手短にお願いしたいのですが」

「私たちも長く滞在するつもりはありません。ですがそちらのお返事によっては、もう少しいることになるかもしれませんね」

「どういう意味ですか？」

「――ドラゴンのことです」

その単語を口にした途端、国王の目の色が変わる。

明らかに動揺を示す。

「貴国に何度も現れていると聞きます」

「なぜそれを？」

「隣国のことですから多少は知っています。お忙しくされているのはその件ですね？」

「……」

リッツバーグ国王は無言で返す。手をこまねいている、とはさすがに口にしない。

しかしその無言こそ、彼らが困っていることの証拠でもある。

「貴国は私たちの国にも近い。早急に対応していただきたいのですが、どうされるおつもりですか？」

「……それを、あなた方に伝える理由がありますか？」

「ありません。我々は同盟を結んでいるわけではない。ですが、貴国が襲撃されると……次はこちらに被害が及ぶかもしれない。それは非常に困ります」

「……何をおっしゃりたいのです？」

レオル君は不敵に笑う。これは天からの祝福か、それとも悪魔のささやきか。

「手をお貸ししましょうか？」

果たしてリッツバーグ国王には、レオル君の言葉がどう聞こえているだろうか。

「手を貸す……？　貴国が、我々に？」

「ええ、そう言っています」

「……ふっ、笑わせないでいただきたい。貴国に何ができるというのですか？　数十年前ならともかく、力を失った今の貴国に！」

リッツバーグ国王は声を荒らげる。馬鹿にされたと思ったのだろうか。

追い込まれている状況だからこそ、嘲るような発言に苛立っている。

口調からも丁寧さが欠落した。しかし、レオル君は本気だ。

「セイレスト王国でドラゴンが暴れた話はご存じでしょう？　その対処をしたのが、一人の魔法使いだということも」

「もちろん知っている。貴国よりも詳しく報告を受けている。それがなんだ？」

「どれだけ数を揃えてもドラゴンには敵わない。ですが、優れた魔法使いが一人いれば、退けることはできる。そういうことです」

「それがなんだ？　ドラゴンを退ける力を持った魔法使いなど簡単には見つからない。まさかと思うが、その隣の女にそれだけの力があると言うつもりか？」

「ええ、そう言っています」

レオル君がハッキリ答える。リッツバーグ国王は呆気にとられ、鼻で笑う。

「大法螺吹きもそこまでいくと清々しい！　そんな戯言を私が信じるとお思いか！」

「戯言ではないことを、今から証明しましょう」

「何を――」

「アリス」

「はい」

足元に転移の魔法陣を展開する。リッツバーグ国王が気づく前に、私たちは椅子やテーブルごと転移する。場所は――

「な、なんだ、これは！」

空の上。周囲には大自然が広がり、人が暮らす場所はない。

私たちは透明な足場の上に立っている。

「どういうつもりだ⁉」

「落ち着いてください。言ったでしょう？　証明すると」

「こんなものが証明になるか！　早く元の場所に戻せ！」

「いいえ、まだ何もしていません。見せるのは今からです。アリス」

私は目の前にある大きな山に右手をかざす。ここはあらかじめ私が選んだ場所で、国からもかなり離れている。

人を巻き込む心配のない場所だ。

「何をする気だ」

「ドラゴンの一撃は山をも砕くと言います。ですが、それくらいなら彼女でも可能なんですよ」

「馬鹿な！　そんなことただの魔法使いには――」

「ハイパーノヴァ」

私は複数の魔法陣を重ねて発動させ、白い球体を発射する。

シクロ王子が使った魔法と同じものだ。破壊力は私の方が上だと自負している。

放たれた球体は山に衝突すると、一瞬で大山を抉り飛ばしてしまった。

「なっ……」

リッツバーグ国王は大口を開けて驚愕する。

「言った通りでしょう？　容易いと」

「がっ、あ、こんなことが……」

「アリス、戻ろう」

「はい」

私は再び全員を転移させ、リッツバーグの王城へと帰還した。

驚きながら国王は腰を下ろす。

「い、一体何者なのだ？　その女は！」

「彼女はアリスティア・ミレーヌ。元セイレスト王国宮廷魔法使いです」

「あ、アリスティアだと！　王国の魔法史をことごとく塗り替えた天才魔法使いが！　な、なぜ貴国にいる？」

またしても驚愕する国王。

セイレスト以外の国ではそんなふうに呼ばれていたのね……。

初めて知って少し恥ずかしいと思った。でも、知られているなら好都合だと、レオル君も思ったはずだ。

「セイレストが彼女を不当に追いやった結果です」

「馬鹿な！　これほど貴重な人材を手放すなど……何を考えているんだ！」

「まったくです。ですがこれで信じていただけましたか？　今の我々には彼女がいる。彼女なら、ドラゴンを退けるどころか、手懐けることすら可能です」

「て、手懐けるだと？　そんなことが……」

目が飛び出るくらい大きく開きながら、国王は私を凝視する。

私は小さく頷き、肯定する。

「可能です。私なら」

「――！　貴国に力があることはわかった。手を貸してくれるというのもありがたい。が、わからないことがある。なぜ私たちを助けようとする？　貴国にはメリットがないではないか」

さすがに気づくか。私がいる以上、ドラゴンの危険はレイニグラン王国にはない。

最初にレオル君が口にした言葉、この国が対処できなければ困るという内容に矛盾が生じる。

手を貸さずとも、レイニグラン王国に現れたら対処すればいい。

「何が望みだ？」

「――私たちは今、セイレスト王国に奪われたものを奪還するために動いています。その手助けをしていただきたい」

「なっ……正気なのか？　あの国を敵に回すなど」

「元は我々のものです。この地にある採掘所も、本来はレイニグラン王国のものだった。もうお忘れですか？」

レオル君は鋭い目つきでリッツバーグ国王を睨む。

その眼光に国王は面食らう。隣にいる私も少しだけ身体が震えた。

普段温厚な人ほど、怒った時の表情は怖く感じる。だが、相手は一国の王。恐怖や脅しだけでは動かない。

「……不可能だ。いかに優秀な魔法使いが加わっても、あの大国は揺るがない」

「ドラゴンが増えても？」

「それでもだ。まだ足りない。貴国に加担するということは、我々も裏切るということだ。そうなれば一溜まりも……」

「ならばもう一つ、共に戦ってくれる国があったら？」

「……何を言っている？」

レオル君から目配せを受ける。

私は転移魔法を発動させる。今度は移動ではなく、こちらに呼び出す。

もう一人の協力者を。

「――――！　き、貴殿は……」

「お久しぶりですね？　リッツバーグ国王」

「グレスバレーの……シクロ殿下？」

胡散臭い王子はいつものように作り笑いをする。

これで面子は揃った。後一押し、交渉は加速する。

「なぜシクロ殿下がここに？　まさか……」

「そのまさかですよ。私も、彼らに協力している者の一人です」

「なっ……グレスバレー王国が、レイニグラン王国についたというのですか？」

「まだ完全ではありませんが、ね。ただ、私は彼らの計画を支持しています」

山を砕いた時より、リッツバーグ国王は驚いていた。

驚き過ぎて顎が外れてしまわないか心配なほど、大きく口を開けたままだ。

「……も、申し訳ないが、少し頭を整理させてくれないか？」

「構いませんよ。ゆっくり話しましょう。今はまだ……慌てなくても大丈夫ですから」

シクロ王子はニヤリと笑みを浮かべる。

何かよくないことでも企んでいるとしか思えない顔は、味方でなかったらぞっとするかもしれない。

シクロ王子は私の隣に腰かける。

「順調かい？」

「見ての通りよ」

「そうか。ならよかった」

ちょうど今は宮廷でも休憩の時間だ。

一時間は自由に使える。それだけあれば、交渉を進めるのに十分だろう。

私たちは考えを整理しているリッツバーグ国王の反応を待つ。そして数分後、彼は腕を組んで言う。

「シクロ殿下、貴殿はなぜ彼らに賛同しているのです？」

私たちではなく、シクロ王子への質問だ。

彼はニコリと笑って答える。

「簡単です。利害の一致と、目的に達するための力を、彼らが持っているからです」

「……貴殿の目的とはなんです？」

「私の妹が、セイレスト王国にいます」

「――！」

リッツバーグ国王は今までになかった反応を見せる。

驚きよりも切なげな、悲しそうな顔をする。

「なぜいるか、リッツバーグ国王……あなたもおわかりでしょう？」

「……ああ。おそらく、同じ理由で私の娘も……セイレスト王国にいるからな」

「やはりそうでしたか」

シクロ王子が以前に言っていた。彼以外の国でも、同様に人質がとられている。

シクロ王子の妹君がルガルド王子の愛妾になっているように、リッツバーグ国王の娘もセイレスト王国に軟禁されているようだ。そして、この反応を見る限り、リッツバーグ国王も脅されていたのだろう。

従わなければ滅びるのみだったから、仕方なく従った。だとしても、犯した罪は消えない。

彼らの弱さが、レイニグラン王国を追い込んだのだから。

「つまり、貴殿の目的というのは」

「妹を取り戻すことです。私にとってはそれが最優先でした」

「そう、でしたか……」

「はい。そして今、近いうちに解放できそうなんです」

「なんと！　本当なのですか？」

シクロ王子は頷く。そして続ける。

「今進めている計画が上手くいけば……私の妹だけではありません。セイレスト王国に、不本意に囚われている皆を解放できます」

「――！　私の娘も……アリーシャも帰ってくるのか？」

「はい。そのために、私は彼女に賭けました」

シクロ王子の視線が、私に向けられる。

期待と、これは脅しかな？

失敗は許さない。ここまで手を貸したのだから、絶対に成功させろ……と言っているように見える。

上等だわ。私だって、ここまで来て失敗なんてしない。

だから――

「へ、陛下大変です！　またしても上空にドラゴンが！」

「なっ、こんな時に……」

会談中、慌てて入ってきた男が報告した。窓の外を見れば、ドラゴンが街の空を飛んでいるのがわかる。

いつ襲ってくるのかわからない恐怖に晒され、リッツバーグ国王は追いつめられる。

「リッツバーグ国王」

その隙を見逃さず、レオル君が尋ねる。

「お選びください。我々の協力を得て、共に戦うか！」

「――！」

決断の時は迫る。こういう時の人間は、何を最も大切にしているかが浮き彫りになる。

金か、名誉か、自分の安全か。

それとも――

「いいだろう！　ドラゴンを退けてくれたら協力する！　それで娘を、アリーシャを取り戻せるならば！」

「よろしいですか？　撤回はできませんよ」

「構わん！　我々とて望んであの国に従ったわけではない！　貴国が再び全てを取り戻すという

なら、その未来に期待しよう！」

私はレオル君と顔を合わせる。

交渉は成立した。さて、ここからは毎度お馴染みの茶番劇の時間だ。

「頼めるか？　アリス」

「はい、もちろん」

私は姿を消す。実際は少し前から、分身と入れ替わっていた。

本体はドラゴンの背にいる。分身が消えたことで、分身の記憶が本体に流れ込む。

「上手くいったみたいね」

私は笑みを浮かべ、ドラゴンの背から飛び上がる。そのままドラゴンを包むように正方形の結界を展開した。

「派手にいきましょう」

見ている国民、リッツバーグ国王にもわかりやすく。

ドラゴンが私にひれ伏す様を。

結界の中で暴れるドラゴン。それを結界の圧縮で抑え込み、続けて結界がまばゆい光を放つ。

この魔法に意味はない。ただの演出、派手に見せるための光。

直後に結界は爆散し、光の粒子が街中に降り注ぐ。

「はぁ……見せる魔法も疲れるわね」

◇◇◇

リッツバーグ国王は目撃した。ドラゴンが一瞬にして大人しくなる様子を。

「ドラゴンが……まさか本当に」

「手懐けたんですよ。彼女が、ドラゴンを」

レオル殿下が隣に立ち、共にドラゴンを見上げる。

暴れる様子はなく、大人しく空中で停滞している背に、アリスティアの姿が微かに見えていた。

「凄いでしょう？　うちの魔法使いは」

「……」

驚きで声も出ない。これが決定打となり、彼らは今後レイニグラン王国に協力すると約束した。

ドラゴンを容易く捕まえてしまえる魔法使い。

加えて同盟国の裏切り。ここまで出目が揃えば、自ずと天秤は傾く。

後にリッツバーグ国王はこう考えるだろう。

あの時の判断は正しかった、と。

◇◇◇

全てが順調に進んでいる。協力者の出現、ドラゴンの捕獲。本来予定になかった出来事を経て、強力な手札が増え。

私が思い描くゴールに近づいている。

そろそろもう一歩動かそう。

「やぁ、こんにちは」

「ルガルド殿下」

そう考えていた頃だった。

宮廷の廊下を歩いていると、目の前に婚約者の彼が現れたのは。

私は彼の元へ駆け寄る。

「こんにちは！　私に会いに来てくださったのですか？」

「ああ、そうだよ。君を探していたんだ」

「本当ですか？　嬉しいです」

私は満面の笑みを浮かべる。すると彼も笑顔で返してくれた。

「こんな廊下の真ん中で話すのも邪魔になる。別の場所に行かないかい？　僕の部屋とか」

「――はい。ぜひとも」

私はルガルド王子に連れられ、彼の部屋へと向かう。

彼の部屋に来るのも何度目だろう。特段緊張も警戒もせず、私は中へ入った。

「さて、よく来てくれたね？」

「え？」

直後、後頭部に衝撃が走る。

何かが当たった。というより、叩かれたような感じだった。

私は痛みを感じてふらつき、そのまま意識を失ってしまう。

消えゆく意識の中で見えたのは、見たことがないほどニヤけたルガルド王子の顔だった。

◆◆◆

ポツリ、雫が落ちる。私の頬に伝った冷たい水の感覚で、沈んでいた意識が浮かび上がる。

「ぅ……ここは……」

「ようやくお目覚めかい？　随分とお寝坊さんじゃないか」

「ルガルド殿下？」

目の前には彼がいた。椅子に座っていて、周りは殺風景な灰色の壁と天井。

王城の中とは違う雰囲気に醸し出す。

遅れて気づく。手足が縛られ、壁に磔にされてしまっていることに。

ガシャン、と動かそうとして引き止められる。

「こ、これは！　一体どういうことですか？」

「逃げられたら困るからね。拘束させてもらったよ」

「逃げる？　どうして私が？」

「そんなの決まっているじゃないか。君の正体が、裏切り者のスパイだって話をしたら、君は一目散に逃げようとするだろう？」

「——！」

裏切り者のスパイ？

彼の口から思わぬ単語が飛び出して、思わず驚愕する。

「何を……言って……」

「まだ惚《とぼ》けるのかな？　仮にも僕が、元婚約者に気づかないと思ったかい？　アリスティア」

「——え？」

彼の目には私の姿がアリスティアに見えている。

そんなはずはないのに。だけど彼は、明らかに普段と表情が違う。

私のことを嘲笑うかのように、ニヤニヤと笑みを浮かべている。

「正直驚いたよ。まさか君に再会できるなんてね？　しかもこんな願ってもない形で……」

「どういう……」

「君、意外とうっかりしているんだね？　こんなものを持ち歩いているなんて」

彼の手にはアクセサリーが握られている。

そのアクセサリーには、大きく家紋が描かれている。ミレーヌ家の家紋が。

「外から来た一般人が、これを持っているはずがない。すぐにピンときたよ。そしたらあら不思議、君の姿が見えるようになった。そういう魔法かな？」

「……」

「怖い顔だ。けど諦めたほうがいい。その手錠は魔法の使用を妨害する。いくら君でも、そうなってしまえばただの弱い女だ」

ルガルド王子はいやらしい笑みを浮かべる。

この鎖は魔力の流れを乱し、魔法の使用を困難にする。

そういう特殊な魔法式が仕込まれている魔導具の一種。いかに優れた魔法使いでも、この鎖を解除するためには相応の時間がかかる。

「どうせ復讐のために戻って来たんだろう？　残念だったねぇ～。せっかく爵位までもらったのに。けどよかったよ。君が戻ってきてくれて」

「……どういう意味ですか？」

「ちょうど欲しかったんだ。僕の言うことを何でも聞く人形が。本当はシスティーナを時間をかけてそうする予定だったけど、君のおかげで必要なくなったよ」

彼はゲスに笑う。この男がシスティーナをどう見ているのか。

考えなくても見え透いている。

「彼女は顔も身体もいいけど、魔法使いとしては君以下だったみたいだね。僕の相手に集中してもらうために、代わりに働いてくれる人形が欲しかったんだ。君にやってもらおう」

「……従うと思っているんですか？」

「従わせるんだよ。今からね」

複数の足音が響く。ぞろぞろと集まってきたのは、上半身裸の屈強な男たちだった。

「いいんですか？　殿下」

「ああ、好きに使ってくれ」

「な、何を……するつもりですか！」

「身体に教え込むんだよ！　君がただの人形だってことを！　心を壊してしまえば、人間なんて簡単に人形になるんだ！　知らなかったかい？」

男たちが迫る。いやらしい視線が集まる。寒気がする。

「い、嫌！」

「この方法で何人も屈服させてきたんだ！　君も所詮は女だろう？　耐えられるはずがない。ああ、そのうち飽きたらシスティーナも一緒に壊すのもいいな！　婚約者も女も山ほどいるんだ。一人や二人玩具にしたってお釣りがくる」

「さ、最低！　この変態王子！」

「なんとでも言えばいいさ。次に僕と会う時は、泣きながら許しを請うんだね」

ルガルド王子は私に背を向けて去っていく。勝ち誇った顔を最後に、一度も振り向かない。

◇◇◇

夕暮れ時。

ルガルド王子が満足げな表情で廊下を歩く。そこへ一つの足音が近づき、声をかける。

「ルガルド殿下」

「――！　やぁシスティーナ、珍しいじゃないか。君がこんな時間にここにいるなんて。仕事はいいのかい？」

「はい。今日は早く終わったんです。少しでも早くルガルド殿下に会いたくて」

「可愛いことを言ってくれるね。僕も、久しぶりに君とゆっくり話したいと思っていたんだ」

肩に手を回され、そのまま一緒に彼の部屋へと向かう。

おもむろにベッドに座り、その隣に腰かけると、彼はニヤっと笑った。

「どうかなされましたか？」

「ははっ、実は君に面白い話があるんだよ。聞きたいかい？」

「はい。ぜひ」

ルガルド王子はまた下品な笑顔を見せる。話したくて仕方がない、そんな顔だ。

「アリスティアがどうしているか、君は知っているかい？」

「お姉様ですか？　いえ何も」

「彼女、馬鹿みたいにまたここへ戻ってきていたんだ。しかも新人に変装して」

「そうだったのですね。まったく気づきませんでした」

「僕は気づいたんだ。今は特別ルームに招待してる。きっと今頃、とっても楽しい思いをしているはずだよ」

ゲラゲラと品のない笑い方だ。彼はよほど楽しいことがあると、笑い方が汚くなるらしい。

新しい発見だ。もっとも……。

「それは――おかしいですね」

「何がだい？」

「だって、アリスティア・ミレーヌは今、あなたの隣にいるじゃないですか？」

「――は？」

私には関係ない。彼の笑い方がどうかなんて、心底どうでもいい。

笑顔よりも、そのマヌケな表情のほうがよっぽど見たかった。

彼は振り返り、私を見る。今の彼の瞳には、システィーナではなく、アリスティアとしての私の姿が映っている。

「なっ……なぜ君が……いつから！」

「最初からですよ。あなたに話しかけた時から、ずっと私は私でした」

パチンと指を鳴らし、彼もまとめて別の場所へ転移させる。

移動先は普通の空間ではない。視界は真っ白で何もない。

異様な世界に二人だけがいる。

「こ、ここは一体……」

「私が作った空間です。ここには私の許可がないと誰も入れません。もちろん、出ることもできません」

「君は……なんでここにいる！　どうやって抜け出したんだ！」

彼は激高する。凄く動揺している様子だ。

心から面白い。滑稽すぎて笑ってしまう。

「まだ気づかないんですか？　私はさっきまで、誰に見えていたんでしたっけ？」

「──まさか、僕が連れ出したのがシスティーナだっていうのか」

「正解です」

「ありえない！　彼女とは会話も成立していた！　彼女を君に見えるようにしていたなら、会話は成り立たないはずだ！」

「残念ながら、私が幻術をかけたのはあなたですよ？　ルガルド殿下」

彼はまやかしを見ている。数種類の幻覚魔法を掛け合わせることによって、彼が見ていたのは彼の理想。

こうなってほしいという願望を映し出していた。

彼が廊下で話しかけた時は、まだこの魔法は発動しておらず、システィーナの姿が私に見えているだけだった。

システィーナが眠っている間に魔法をかけ直し、ルガルド殿下が幻覚を見続けるようにしてからは、思った通りに進んでくれた。

「ずっと……僕は幻を見ていたのか」

「ええ。きっとあの子だけが、意味不明な発言をするあなたに困惑していたでしょうね」

「くっ……君は妹を利用したのか！」

「システィーナのことなら心配はいりません。あなたが思っているようなことにはなっていない。それ以前に、あなたに糾弾される謂れはありませんね。最低なクズ王子」

彼がシスティーナをどう思っていたのか。結局、目当ては彼女の顔や体だけで、愛なんてなかった。

そういう男でしかない。心底気に障る。だから後腐れなく、魔法を発動できる。

「――っ、な、なんだこれは……！」

彼の右腕には奇妙な文様が浮かび上がり、ゆっくりと消える。

「それは呪いです」

「の、呪いだと！」

「ええ、私があなたにかけました。アクセサリーを拾ったでしょう？　あれで呪いがあなたに移った。そして今、私と直接対面したことで条件を満たし呪いがかかりました」

呪いとは特殊な魔法の一つ。

特定の条件を満たすことで発動し、対象者を苦しめる。

「その呪いが発動すればあなたは死にます。解呪は私以外にはできません」

「死……僕を殺すつもりなのか」

「安心してください。条件さえ満たさなければ発動しません」

私は二本指を立てる。

「条件は二つ。一つ、呪いのことを他言する。二つ、私の正体を他者にばらす。これをしなければ死にません」

「……このことを誰にも言うなということか」

「はい。ただこれは、あくまで呪いの発動に関してです。それとは別に私のお願いがあります。この後すぐに、他国から呼び寄せている女性を解放しなさい」

「聞くと思うかい？　こんなことをした相手――」

瞬間、風の刃が殿下の頬を斬り裂く。

ツーと血が流れ落ちる。

「聞かなければ殺します。別に今ここで殺してもいいんですよ？　そうすれば結局目的は達成されますから。私は戦争になっても構わないと思っていますし」

でもきっと、レオル君は望んでいない。優しい彼は、余計な血が流れることを望まない。

彼に感謝しなさい。私がこの場で殺さないのは、彼を悲しませたくないから。

「わ、わかった。解放すればいいんだな」

「ええ、できなければ殺します。その呪い、私の意志で遠隔発動もできるんです」

その気になればいつでも殺せる。

事実であり脅しを口にすると、彼は身体を震わせる。

「……き、君は何のために戻ってきたんだ？　僕への復讐のためか？」

「そうですね。あなたに限った話じゃありません。私は、この国が奪ったものを全て奪い返します」

「――本気で言っているのか？　君一人で、この国をひっくり返す気か？」

「それも面白そうですね。でも、不可能じゃありません。だって今、都合のいい人形を手に入れたじゃありませんか」

私はニヤリと笑みを浮かべる。

彼の真似っこだ。こういう顔をしていたんだぞという当てつけ。

もう二度とやらない。

「あなたにはこれから、私の指示通りに動いてもらいます。拒否権はありません」

「君は……この僕を支配しようというのか」

「もうしていますよ」

命を握られた時点で、彼に選択肢はない。解呪も、私と並ぶ魔法使いでもない限り不可能だ。

残念ながらこの国に、私を超える魔法使いはいない。

システィーナでも不可能だ。もっとも、今の彼女が協力するとは思えないけど。

「これは報いですよ、殿下。これまで他人をいいように利用してきたあなたが、今度は私に利用されるんです」

「くっ……」

悔しそうな表情。この顔が見られただけで、私は十分にすっきりした。

謀る側から、謀られる側に回った気分はどう？

これからじっくり、私たちが味わった苦しみを教えてあげるわ。

第七章

「嫌あああ！　来ないでぇ！」

システィーナは必死に叫んでいた。信じていた婚約者の後ろ姿が消えるまで、涙を流しながら声を上げた。

意味不明な発言と会話による混乱も、この状況による恐怖と絶望が上書きする。

男たちがいやらしい目つきで迫る。頼りの魔法は使えず、手足もまったく動かせない。

されるがままに、これから男たちに弄ばれるだろう。

「お願い……誰か……」

――助けて。

「ははは っ、その面たまんぇうぇ⁉」

「だ、誰だてめぇ、ぶえっ！」

「ごあ！」

「うっ！」

恐怖から目を瞑り視界を閉ざし、聞こえる音すら意識的に遮断してしまっていた彼女は、いつまで経っても触れられないことに気づく。

そしてようやく、恐怖が薄れて声が聞こえる。

「なんなんだごら！」

「悪いわね。これでも一応……姉妹なのよ」

「――え」

彼女は恐怖で閉じていた瞳を開く。そこに立っていたのは男たちではなく、よく知る一人の女性であることに驚いていた。

涙でぐしゃぐしゃになった表情で私を見つめる。

「お姉……様？」

「……久しぶりね、システィーナ」

私たちは再会した。薄暗い王都のどこかもわからないような場所で。彼女は拘束され、私は男たちをボコスカと倒しながら。

「アリスティア・ミレーヌ！」

男たちが次々と剣を取る。どこかに隠していたらしい。

それ以前から、彼らの正体には気づいていた。

「なぜ追放された貴様がここにいる！」

「そっちこそ、誇り高き王国の騎士様が、こんな非道なことをしていいのかしら？」

「はっ！　殿下がいいとおっしゃったんだ。俺たちはただ命令に従っているだけだ」

「そう。なら本心で襲おうとしていたわけじゃないの？」

私はわかりきった質問を投げかける。すると男たちは笑みを浮かべる。

ゲスな笑みを。

「そんなこと、言わなくてもわかるんじゃないか？」

「……そうね。聞いた私が馬鹿だったわ」

私は小さくため息をこぼす。

幻覚魔法を施したのはルガルド王子のみ。つまり、ここにいるほとんどの騎士たちには私ではなくシスティーナの姿のままに見えている。

ルガルド王子の発言の矛盾に気づけば、彼がまやかしを見ていることにだって気づけていたかもしれない。だけど、彼らは何も言わなかった。

相手がシスティーナでも、私でも関係ない。

好き勝手に遊ぶ相手がいれば、それでよかったのだろう。

正真正銘の下種男たち。こんな男たちに守護されている王国なんて、滅びてしまえばいいと思わない？

残った男たちが私とシスティーナを囲む。

「僥倖だ。二人まとめて遊んでもらうぞ」

「残念だけど、もう終わってるわ」

「は？　何を戯言を。貴様は所詮魔法使い、距離さえ詰めれ……ば……？」

「悠長にしゃべりすぎたわね」

彼らの足がすでに凍結を始めていた。すでに魔法は発動済み。

この場にいる男たち全員、氷漬けにして保存してあげる。

「なっ、くそ！　いつの間にこんな……」

「忘れていたの？　私はこの国を支えていた魔法使いよ」

「ぐ、うあああああああああああああ」

叫んでも、誰にも届かない。そういう状況を自らが選んだのだから自業自得だ。

今はもう誰も声を上げない。

カチコチの氷になって、ピクリとも動かなくなった。

「お姉様……」

私は振り返り、彼女を解放する。

魔力を乱す魔導具も、鍵さえあれば簡単に開けられる。

鍵はそこら辺に落ちていた。彼女を解放した私は立ち去ろうとする。

「ま、待って！　お姉様……どうして私を……」

「言ったでしょう？　一応これでも姉妹だからよ」

私は彼女に背を向けたままそう答えた。

好きか嫌いかで言えば、彼女のことは嫌いだ。

常に優遇され、誰かに守られ、選ばれ続けてきた彼女が嫌いだった。いや、羨ましいと思っていた。

大した努力もせず認められ、期待される彼女が。それでも、殺したいほど憎かったわけじゃない。だからこれが、最初で最後の姉としての優しさになるだろう。

「もうわかったでしょう？　あの男の本性はクズよ」

「……ルガルド殿下に何か魔法をかけていたんですね？」

「ただの幻覚よ。聞こえてきた言葉はあの男自身が考えていること。私を見下していたことも、あなたを……どうするつもりだったのかも」

「――私は……」

ポロポロと涙を流す。

信じていた人の汚い本性を知った悲しみか。それとも無事だったことを喜ぶ涙か。

どちらにしろ私には関係ない。私がこの国を、家を追われた時点で、とっくの昔に他人になっている。

それ故に、ここから先は他人同士の会話、交渉だ。

「私はこれから、ルガルド殿下を断罪するわ」

「――！　手にかける……おつもりですか？」

「それはあの男次第ね。メインの計画では生かして利用するつもりだけど」

「……私は、どうなるのですか？」

顔を見なくてもわかるほど、不安そうな声がする。

声が僅かに震えていた。怖いのだろう。復讐の対象に、自分も入っていることには気づいているから。

「どうもしないわ」

「……え？」

「殺されるとでも思った？　だったら助けたりしないわ。まぁでも、私の邪魔をするようなら手を出すかもしれないわね」

「……どう、して……お姉様は私を……」

「恨んでいるわよ」

ハッキリと答える。

後ろを振り向き、冷たい視線で震える彼女を睨む。

「だから罰は受けてもらう。この先も永遠に、私が味わってきた忙しさに耐え続けなさい。今の仕事が楽に感じられる頃には、私の苦労も理解しているでしょう」

彼女はすでに、罰を受けている。

私に代わって宮廷に入った時点で、彼女の運命は決まっていた。

碌《ろく》な実力もないくせに、私と同じことができると思い上がった故の天罰だ。

私が直接手を下さずとも、彼女はこれからも苦しみ続ける。重すぎる期待という……私にはなかった辛さも相まって。もっともそれは、そう長くは続かない。

「せいぜい頑張りなさい。この国が今のままであるうちに」

「……はい」

彼女は泣きながら答えた。まさか普通に返事をするとは思わなかったけど、私は構わず背を向け歩き出す。

こうして話す機会は二度とないかもしれない。

私たちはもう、他人なのだから。

◇◇◇

呪いをその身に受けてしまったルガルド王子は荒れていた。

「くそっ！」

自室で物を蹴り飛ばし、椅子やテーブルを殴る。

何が壊れようと気にしない。自分の身体に刻まれてしまった死の烙印に抗ったところで無意味だった。

「呪いだと……？　ふざけたことを……」

アリスティアから解放された直後、彼は急いで書斎に向かい、呪いについての文献を漁った。

呪いのことを他言すれば発動する。

どこまで条件に組み込まれているかわからない以上、呪いという単語を口にすることすら憚《はばか》られる。故に、自力で調べ上げ、解呪方法を見つけるしかなかった。が、すぐにわかってしまった。

自力で解呪することは不可能だと。

呪いをかけた本人を殺しても、呪いそのものは消えない。

遠隔の発動がなくなるだけで、条件による呪殺の危険は残ってしまう。

完全に呪いを解くには、呪った本人の意志で解除するか、その人物を上回る魔法使いの手を借りるしかなかった。

「……無理じゃないか」

アリスティアより優れた魔法使いなど、この国には存在しない。

仮にいたとしても、事情を伝えられない時点で協力を頼めない。

彼は詰んでいた。唯一協力してくれそうなシスティーナも、実力不足に加え、すでに彼から心は離れている。

これから彼は、いつ殺されるかわからない恐怖に、長く苦しむことになる。たった一人で……。

「っ……どうして僕が……」

恨みの感情は膨れ上がる。自業自得などという言葉は、今の彼には浮かばない。

あるのはどうやって、アリスティアを苦しめてやろうかというもののみ。

自分が手を下すことはできなくとも……。

「くっ……彼女はあの国にいるんだったな」

ルガルド王子は笑みを浮かべる。

彼女が今、どの国にいて何を企んでいるのか。

彼女がルガルド王子に「お願い」したいくつかの中に、レイニグラン王国の名があったことで悟っていた。

「見ていろ……苦しめ」

彼の脳裏にはとあるビジョンが浮かぶ。

彼女が疑われ、苦しむ姿が。

◇◇◇

大荒療治を済ませた翌日、私は変わらず宮廷に足を運んでいた。

環境に目立った変化はない。命令通り、私のことや他のあれこれも、ルガルド王子は他言していないようだ。

陰で漏らしている可能性は否めないけど、一先ず平和だった。

「――意外ね。もう来ないと思っていたわ」

「それはこっちのセリフだよ。俺一人だけ残される気がしてヒヤヒヤした」

私たちは研究室で顔を合わせる。

シクロ王子は相変わらず飄々とした態度で言う。

「上手くやれたみたいでよかったよ。おかげ様でこっちも、妹を取り戻すことができた」

「――そう、よかったわね」

私がルガルド王子を脅したことで、彼が侍らせていた愛妾たちは解放された。

本人の意志でルガルド王子の下にいた女性は一人もいなかったらしい。

今頃彼女たちは、それぞれの国に帰る支度をしているだろう。

「ああ、国に妹が帰ってくるまでは残るのね」

「いいや、君がいる限りは俺もここに残るつもりだよ？」

「あら？　どうして？　もうあなた自身の目的は達成したでしょう？」

王子として国を取り戻す、とか言っていたけど、彼の本心は妹のことだけを考えていた。

臆病な国王に代わり、自らが刺客となって妹を奪還するつもりでいた。

国のことなんて二の次で、妹を助けられればそれでいいと思っていたことに、私はとっくの昔から気づいている。

彼にはもはや、この地に残る理由がない。

自国に戻っても協力はできるし、裏切るなら今がチャンスだろう。

「妹は戻ってくる。君たちの……いいや、君のおかげで」

「――！」

彼はいきなり、私の前で片膝をつく。

「心から感謝している。こうも早く、あの子を助けられるとは思っていなかった」

「あなた……」

一国の王子が、私相手に頭を下げている。

いつもの飄々とした胡散臭い態度とは違って、真摯《しんし》な顔で私を見る。

「君の助けがなければ、あの子は今も苦しんでいた。救ってくれたのは君だ」

「ただの成り行きよ」

「それでも、俺は君に感謝している。だから今ここで誓おう。グレスバレー王国第一王子、シクロ・グレイセスは、この先君の、君たちの味方であり続けると」

彼は右胸に手を当て、誓いを立てる。

永遠の誓いを。

「……いいのかしら？　そんな簡単に言ってしまって」

「簡単じゃないさ。俺はこれでも一国の未来を背負っている。王子として、君たちに味方したほうが有益だと判断した。これから滅びゆく国と共に、沈むつもりはない」

「期待してくれているのね？　光栄だわ」

「ああ、しているとも。何より君に、興味が湧いてきたところだ」

彼はおもむろに立ち上がり、いつもの飄々とした態度に戻る。

「君という人間を近くで見ていたい。だからここに残った。君にとっても有益だろう？　俺の魔法使いとしての腕は、役に立つからさ」

「――ふっ、そうね。使い勝手のいい道具だわ」

「ははっ、道具とは悲しいな。今回も結構頑張ったと思うけど？」

「そうね。あなたがいたおかげで、多少は楽ができたわ」

段取りを組む時、彼の存在は大きかった。

私が不在でも、私と同じだけのパフォーマンスが発揮できる魔法使いは彼しかいない。

自分が二人いるみたいな感覚だ。調子に乗るから、これ以上は言わないけど。

「いい相棒を持てて幸せだろう？」

「その胡散臭い口を閉じてくれたら幸せよ」

「それは無理だ。君ともっと関わるには、会話するのが一番だからね」

「……はぁ、勝手にすればいいわ」

胡散臭い口調に慣れつつある自分が嫌になる。

ただ、以前よりは信用できるか。なんとなくだけど、この男とはまだまだ長い付き合いになる。

そんな気がした。

◇◇◇

何もかもが順調に進んでいる。国力の回復、資源も増えた。

協力関係にある国も増えつつあり、セイレスト王国打倒に近づいている。

ルガルド殿下を脅迫し、こちらの命令に従わせることができた時点で、私たちの目的は大詰めとなった。あと少し、もう少しで辿り着く。

そんな時、よくない流れがやってくる。

安定していた国王陛下の容態が、急激に悪化した。

「ぐほっ、う……」

「父上！」

ベッドの上で眠る陛下は、何度も吐血と嘔吐を繰り返している。

ここ数日、ずっと眠っていた陛下は目覚めることはなく、ただただ苦しい声を上げていた。

「外に出ていてください、殿下。ここは私にお任せください」

「……頼みます」

専属の医師に任せ、レオル君は陛下の部屋を後にする。

一緒にいた私もレオル君と共に部屋を出た。陛下の容態は心配だけど、病が相手では魔法使いの私にはどうすることもできない。病は医者の領分だ。

「はぁ……」

「大丈夫？　レオル君」

「ああ、すまない。情けないところを見せてしまって」

「情けないなんて思わないわ」

大切な人が死の危険に晒されているんだ。

取り乱すことは当たり前だろう。

優しい彼なら尚更、今までよく涙を堪えていると思う。

私はレオル君と一緒に中庭を歩く。こういう時は部屋に籠もるより、外で太陽の光を浴びたほうが落ち着く。

レオル君はふいに立ち止まり、木に背を向けてもたれかかる。

「……これまでも何度か、容態が悪くなることはあったんだ」

「その時は？」

「なんとか持ち堪えた。カリブ先生が診てくれているおかげだ。もしいなかったら、きっと今頃会えない人になっていた」

「……そう」

彼は心からカリブというあの医者を信じているらしい。

確かに今も、容態が悪くなってすぐに駆けつけた。

真摯に対応してくれている……ように見える。だけど、私はどうにも信用できなかった。

レオル君には悪いと思う。それでも引っかかる。なんとなく、決定的な理由もなく、曖昧《あいまい》な疑念が胸に浮かんでいる。

その後、再び陛下の容態は安定した。かに見えたが、カリブ医師は悲しい知らせがあると言う。

その知らせを、私とレオル君は共に陛下の枕元で聞かされた。

「数日……ですか？」

「はい。大変申し上げにくいのですが、陛下のお身体はもう限界が近い。今のような状態が続けば持ちません。おそらく後二度……いえ、一度でも容態が悪くなれば、その時に……」

「――っ！　なんとも……ならないんですか？」

カリブ医師は首を横に振る。

「残念ながら、治療法も定かではない難病です。加えて、私の知識にもない症状まで併発してしまっている。私の力ではどうすることもできません。他の国の医者でも……難しいでしょう」

「そう……ですか」

「本当に申し訳ありません。この国の医者として、陛下の命を救うことができず」

「そんな！　カリブ先生のおかげで父上もここまで持ち堪えられたんです！　感謝しかしていま

せん！」

頭を下げるカリブ医師に、レオル君は優しい言葉をかける。

カリブ医師も悔しそうな横顔を見せる。

彼も必死に治療していたのだろうか。それなのにどうして、私は彼のことを信じられないの？

自分の中で理由を探す。初めて見た時から感じている……この違和感は何？

潜在的に彼を信じたくないと思う自分がいて、その奥底には敵だと決めつける感情がある。

私が信じているレオル君が、カリブ医師を信じているのに。

ここまで明確に、理由もないのに、敵視してしまうのは……。

「レオル君、少しだけ陛下の身体を見てもいいかしら？」

「――！　アリスが？」

ピクリと、カリブ医師が反応した。

私はそれに気づきながら、構わず続ける。

「ええ。私は医者じゃないけど、人の身体のことは知っている。治癒魔法は病の完治には使えないけど苦しさや痛みを和らげたり、気休めになるかもしれない」

「俺は構わないよ。アリスのことは信じている」

レオル君は話しながらカリブ医師に視線を向ける。

医者である彼の意見も聞きたいようだ。カリブ医師は僅かに躊躇ったように目を逸らし、こくりと頷く。

「どうぞお願いします。苦しみの緩和ができるのなら、せめて安らかに」

「はい。ありがとうございます。少し集中したいので、お二人とも外に出ていてもらっても構いませんか？」

「ああ、終わったら呼んでくれ」

「ええ」

話をつけ、二人が部屋から出ていく。

私は眠っている陛下を見下ろし、右手をかざす。

「さて……」

この懸念を解消する方法は、直接調べるしかない。

レオル君の父親に対して、実験するみたいで申し訳ないけど。

もし最悪の予想が当たっていたなら、逆に私の手で、少しだけ命を繫ぐことができるかもしれない。

「ふぅ……始めましょう」

医者の治療ではない。魔法使いにできることは、魔法をかけることだけだ。

◇◇◇

国王陛下の容態が急変し、一旦安定した日の夜。雲一つない綺麗な月夜だった。

みんなが寝静まり、静かになった王城の一室に、小さな足音が聞こえる。

歩幅は大きく、急いでいるようにも聞こえた。

使用人の少ない王城では、人の目も少ない。

不審な人物が紛れ込んでいても、きっと誰も気づかない。杜撰《ずさん》な警備体制を嘲笑うかのように、その足音が向かったのは、国王陛下の寝室だった。

ガチャリ、と扉が開く。

「——こんな夜更けにどうしたのかしら？　カリブさん」

「——！」

「待っていたわよ」

月の灯りをバックに、私は笑みを浮かべて彼を見る。

部屋に入ってきたのはカリブ医師だった。私に声をかけられたじろぎ、動揺している。

「アリスティア宮廷魔法使い？　君こそ何をしているんだ？　こんな時間に、陛下の寝室で」

「あなたを待っていたのよ」

「私を？」

「ええ、来ると思っていたわよ。不安だったでしょう？　魔法使いである私が陛下の身体に触れて……せっかく完成する呪いが解けてしまうんじゃないかって」

「――――！」

カリブ医師は大きく目を見開く。

今さら、医師かどうかも怪しいこの男は、険しい表情で私を睨む。

「何を言っているんだい？　呪い？　それは君の専売特許じゃないのか？」

「ええ、だから気づけたのよ。陛下の身体を蝕んでいるのは病じゃない。魔法……呪いの力だって」

ずっと感じていた不信感。この男は信用ならないという直感は、どうやら当たっていたらしい。

心のどこかでホッとしている。

私の人を見る目は間違っていなかったらしい。

「そろそろ医者のフリはやめたら？」

「……ふっ、フリではなく、私は医者だよ。ただ少し、呪いの技術を持っているだけだ」

「認めたわね。自分がやったって」

「ここまで至れば言い逃れはできない。君がこの国へ来るのがもう少し遅ければ、私も任務を終えて帰還することができたんだが、とんだ誤算だった」

任務……帰還？

まさかこの男……。

「この国の人間じゃなかったのね」

「なんだい？　てっきりそこまで気づいているものと思ったけど？」

「どこの国の刺客かしら？　随分と長く潜り込んでいるみたいだけど、よほど価値のある……そういうこと」

「気づいたか？　君と私は同郷だよ」

カリブ医師は言い放つ。この瞬間、私は理解した。

なぜこの男が信用ならないと感じていたのか。

違和感の正体、それは……私と似ている気がしたからだ。

シクロ殿下の正体に気づいた時と似ている。まるで、鏡に映った自分を見ているような気がした。

彼の時と明確に違うのは、違和感を抱いたこと。

きっとそれは、この男がスパイとして三年間活動してた頃の自分に……そっくりだからだ。

人を疑い、人を恨み、人を羨ましがっていた自分に。

私はこの世で一番、私自身を信じていない。

「納得したわ。つまりあなたが、レイニグラン王国を完全に終わらせる最後の一手だったわけね」

「そういうことだ。私が王を消し、この国を終わらせる予定だった。呪いの効きが遅く、随分とかかってしまったが、ようやく達成される。だから、邪魔をされては困るんだよ、小娘」

カリブ医師は寝ている陛下の枕元へと駆ける。

「そこを動くな。動けば今すぐに陛下を呪い殺す」

「不可能よ」

「確かに、いきなり死なれては不自然だ。だがここまで弱れば関係ない。殺そうと思えば今すぐに殺せる。ついでに君も殺してしまえばハッピーエンドだ」

「だから、無理だと言っているのよ」

私はゆっくりと指をさす。

「もうそこに呪いはないわ」

「……は？」

「解呪してあるわよ。あなたがかけた粗末な呪いは」

「なっ、馬鹿な！　あそこまで進行した呪いを他人が解呪しただと？」

驚愕するカリブ医師に、私は侮蔑の笑みを返す。

「滑稽《こっけい》ね。確かにあなたは医者だわ。魔法使いとしては二流以下だもの」

「っ……」

「進行度合いなんて関係ないわ。私とあなたには、天と地ほどの差がある」

「くっ、ならば直接手を――ぐっ！」

しかし動かした手は冷気を纏い、一瞬にして凍結してしまう。

動けなくなったカリブ医師はもがく。

「く、くそ！」

「私が見ている前で殺せるはずないでしょう？」

パキパキと彼の身体が凍っていく。

手と足、胴体まで徐々に。

「や、やめろ！　やめてくれ！　私も好きでやっているんじゃない！　命令されて仕方なくやっていただけなんだ！」

「だから何？　あなたは味方じゃない。何より、あなたのせいで失ったものは二度と戻らないわ」

「い、嫌だ！　死にたくない！　こんなところでぇ！」

「安心しなさい。殺したりなんてしないわ。あなたはレオル君の前に差し出す。彼の前で、声が枯《か》れるほど懺悔《ざんげ》しなさい」

処遇を決めるのは私じゃない。苦しんでいた本人と、それを見続けてきた家族だ。

氷の像になったカリブ医師に、私は呟く。

「あなたが言った通り、呪いは魔法使いの専売特許よ？　わかっているなら安易に、こっちの領域に踏み込むべきじゃなかったわね」

魔法で私を欺こうなんて、百年早いわ。

◇◇◇

事の顚末は、私からレオル君に直接伝えられた。同じく宮廷魔法使いの二名、彼の幼馴染であるアレクとエイミーにも。彼らを含め、皆カリブ医師のことは信用していたらしい。

それ故に酷く驚いていた。

「マジかよ……あのおっさんスパイだったのか」

「呪いのことも、まったく気づきませんでした。宮廷魔法使い失格ですね」

「二人の責任じゃない。最も近くにいた俺が気づけなかったんだ。アリスが気づいてくれてよかった」

カリブの処遇は暫定的に、今のところは牢獄への幽閉となっている。

魔法は使えないように拘束し、常に騎士が監視する。

彼が持つ情報の全てを引き出すまでは、生かすほうが得策だと私も思う。その後にどうするかは、レオル君次第だ。

「ありがとう、アリス。呪いも君が解呪してくれたんだろう？」

「ええ、でも……」

「ああ、わかっている。説明は聞いていたからね」

私はすでに、陛下の身体について彼に伝えてある。かけられた呪いは解呪した。

陛下の身体を蝕む呪いは完全に消滅している。だけど……。

「呪いによって失われた命は回帰しない。どんな魔法を使っても、命だけは戻せないわ」

「君が不可能というなら、他の誰にもできないんだろうね」

「レオル君……」

「すまない。嫌な言い方だった。ただ……これで諦めがつく」

悔しい気持ちは私にもある。

もっと早く気づいていれば、陛下の命をほんの少しでも長く持たせることができた。

最初から感覚に従えばよかったんだ。

私は自分を信じられなかった。その結果がこれだ。

「ごめんなさい」

「謝らないでくれ！　君のおかげで、父上は苦しむことがなくなったんだ。それだけでも――」

「ぅ……」

「父上！」

会話が聞こえたのだろうか。眠っていた陛下がゆっくりと目を覚ました。

虚ろな瞳でレオル君を見る。

「レオル……それに皆も……」

「目が覚めましたか？　父上」

「ああ」

ゆっくりだが、陛下はベッドから上体を起こした。

いつも寝たきりで動けなかった身体を、数年ぶりに自らの意志で動かしたのだ。

彼は自身のやせ細った手を見ながら、握ったり開いたりして感覚を確かめる。

「身体が軽い。痛みも……病は治ったのか？」

「それは……」

「私から説明します、陛下」

私は名乗りを挙げる。呪いを解いたのも、諸悪の根源と対峙したのも私だ。

ここは私の口から説明したほうがいい。レオル君も同意して頷く。

それから私は、何が起こったのかを伝えた。

「カリブが？　そうだったのか……私は……まったく気づかなかった。信頼していたのだがな……」

「そうなるように近づいたのでしょう。私が彼でもそうします」

「……そうか。助けてくれたこと、感謝する」

「いえ、私はただ呪いを解いただけです」

陛下にも、ご自身の寿命が残りは僅かだと伝えてある。私の魔法には、肉体の情報を読み取るものがある。

正確には判断できないけど、彼の身体は急激に老いていた。

動けなかった影響もあるだろうけど、細胞の多くが死滅している。おそらく残り寿命は、一、二年くらいだと見ていい。

「だとしても、私は生きられる。明日には死ぬかもしれなかった身体を、こうして動かし、君たちと話ができる。これほどの幸福はない」

「陛下……」

「ありがとう、アリスティア。遅くなったが、国王として君がこの国へ来てくれたことを歓迎する。レオル」

陛下は優しく、皺だらけの顔で笑う。

「素敵な人を見つけてきたな」

「――はい。彼女と出会えたことは、俺にとって最高の幸運でした」

レオル君は嬉しそうにそう語る。

最高の幸運……か。笑ってしまう。彼がそう思ってくれていることに。

私も……彼との出会いは運命だと感じていた。

あの日、今は敵になった国で彼と出会わなければ、今頃私は独りぼっちで潰れていただろう。

復讐する気力もなく、腐り果てていたかもしれない。

私たちの出会いが、今この瞬間を作っている。

「レオル、皆も、私が倒れている間、この国をよく守ってくれた」

「当たり前ですよ、陛下」

「私たちはこの国で生まれ育ちました。今も、この国で生きています」

「俺は、父上が守ろうとしたものを守りたい。そのためなら何だってやれる。ここにいる者たちは皆、俺の馬鹿げた理想を信じてくれた……最高の仲間たちです」

全てを奪われ滅びゆく国。多くの者たちが見捨て、去っていった場所に、今も尚残っている者たちがいる。

ここにも、街にも、物好きな人たちはいる。

端から見れば滑稽かもしれない。

悪足掻きかもしれない。だけど、小さな足掻きを積み重ね、備え挑めば、いずれは大成するだろう。

「本当に感謝している。君たちのおかげで、私の国はまだ残っているのだから」

「もう少しで、全て取り戻せますよ。陛下」

私は言う。

そして、私の声に合わせるようにもう一人、ムカつくけど頼りになる協力者が姿を現す。

「その通りだよ。さすがは俺の相棒」

「違うわ。ただの協力者よ」

「冷たいな～」

「貴殿は……グレスバレーの……」

「お目覚めになられたのですね、レイニグラン国王。こうしてお会いできる日を心待ちにしておりました」

彼は丁寧に挨拶をする。事情を知らない陛下だけが困惑していた。

「これは一体……」

「彼も協力者です。セイレスト王国から奪われたものを取り戻すために、俺たちは動いているんです」

「まさか、そんなことが？」

「もうすぐ成ります。私たちの悲願は」

私はシクロ王子に視線を向ける。

すると彼は視線で察し、笑みを見せて口を開く。

「ノースアイランド、ベリッカ、バーグル王国の協力は得られたよ」

「やるじゃない。思ったより早かったわね」

「彼らも感謝していたんだ。君のおかげで、大切な人たちが戻ってきたことをね。セイレストに不満があったのも同じだった」

「残り二つは？」

「現在交渉中。おそくても五日以内には落とせるさ」

八か国同盟の七か国が私たちの味方になる。

その構図は奇しくも、かつてセイレスト王国がこの国に仕掛けた侵略作戦と似ている。

当然、意図的だ。彼らが奪ったやり方で、私たちが今度は奪う。

「あと一歩よ、レオル君」

「ああ、父上！」

レオル君はしわくちゃになった陛下の手を握る。

決意を胸に、声に出す。

「見ていてください。必ずこの国を、全てを取り戻します！　父上にもう一度、賑わっているこの国を見てもらいたい」

「――レオル」

時間は限られている。

決して長くはない。それでも、一年もあれば十分だ。

準備はしてきた。

三年かけて忍び、この国に来てからも偽り続けて。ようやく花開く。

遅咲きの花は、さぞ見応えがあるはずだ。まだセイレストの国王にも、ミレーヌ家にも意趣返しをしていない。

私自身の復讐も続いている。

「さぁ、始めるわよ」

奪う者は常に、奪われる覚悟を持っていなければならない。

その覚悟もないのに、奪うなど烏滸がましい。

それを教えてあげましょう。不出来な積み木に支えられている国なんて、簡単に壊せてしまう。

たった一人の、スパイにも気づけないのだから。

エピローグ

セイレスト王国と同盟を結んでいる七か国のうち半数以上。

リッツバーグ、グレスバレー、ノースアイランド、ベリッカ、バーグルの五か国はすでにレイニグラン王国と水面下で協定を結んでいる。

残る二か国、パーテイン、ラオイツ王国は現在交渉中。

協力者となったシクロ王子曰く、五日以内には結果が出るらしい。

他国との交渉は自由に動くことができる彼の役目だ。

すでに過半数を味方につけている今、私たちの計画はいよいよ最終段階へ移行しても問題ないラインを超えた。

「私のほうでも最後の一手を詰めるわ」

「油断するなよ。相手は一応……王子だからな」

「わかっているわ。けど、大丈夫。もうあの男は私に逆らえないから」

「……」

不安そうな顔をするレオル君に、私は微笑みながら応える。

「もうすぐ終わるわ。何もかも」

「……ああ」

私たちの悲願。セイレスト王国に奪われたものを取り戻す。

数年にわたり耐え忍び、ようやく手が届くところまで辿り着いた。

これから私がするのは、この作戦をより確実にするための保険であり、最後の調整だ。

シクロ殿下が三か国を味方につけるまでの間に、やれることは済ませておこう。私はいつも通り姿を偽り、転移の魔法で戻る。

向かった先はもちろん、敵地セイレスト王国の宮廷だ。

「ふぅ……」

ここに来ると思い出す。辛かった日々を。

敵地だから当然だけど、この場所に立つだけで身が引き締まる。

私は廊下を歩き出す。偽装した私は宮廷に潜り込み、相応の地位と信頼を獲得した。

今この場所で、私をスパイだと疑う者は少ない。

真実を知る者は限られている。その限られた人物の一人が、向こう側から歩いてきた。

彼女は私の存在に気づくとビクッと身体を震わせ、少しだけ歩くペースを落とす。

私は意に介さず真っ直ぐ歩く。

そして……。

何事もなく、すれ違った。

システィーナは私の正体を知っている。そして気づかされた。

信じていた王子のどす黒い腹の内を……自分がどうして恵まれていたのかも。

いずれたどり着く最低な未来を。だからこそ、彼女は私に協力する道を選んだ。

彼女に命令したことは二つ。

私たちが何をしようと傍観すること。もしこの国で、怪しい動きがあればすぐに報告すること。

要するに邪魔をするなと伝えてある。

私たちの計画に、彼女の存在は不必要だった。

「……ふっ、私も甘いわね」

これは最大限の配慮だ。あと数日後に、この国は大変な目に合う。

何が起ころうと傍観者に徹し、当事者にはならない。

そうすれば傷つくことはなくなる。我ながら優しい提案をしたものだと笑ってしまう。

システィーナのことは好きにはなれない。けれど、殺したいほど憎んでいるわけでもない。

彼女をあんな風にしたのは周囲の環境だ。

もっとも、これから会いに行く男に慈悲はない。

トントントン、とノックする。

その後に私は名を名乗り、入室の許可を得る。声が聞こえた数秒の沈黙が、中で彼がどんな表情をしているかを物語る。

私はニヤリと笑みを浮かべ、部屋へと入った。

「失礼いたします。ルガルド殿下」

「……ああ」

「――ふふっ、わかりやすい顔をしていますね」

「……何の用だ？」

ルガルド王子は苦虫を噛みつぶしたような表情で私に尋ねてきた。その嫌そうな表情を見られただけで私は心がスッとする。

私は周囲に人や魔法の気配がないことを確認して、早く出て行けと言いたげな殿下に言う。

「あなたにお願いをしに来ました」

「お願い……？　命令の間違いじゃないのか？」

「そうですね。あなたにとっては命令でしょうか」

「この……」

彼の身体は私が作り出した呪いに蝕まれている。

発動条件は二つ。呪いのことを他言するか、私の正体をばらせば完全に発動し、彼は死ぬ。

もちろん、私の意思で今すぐ発動することだって可能だ。だから彼は逆らえない。

私がどんな理不尽なお願いをしようと、断ることができない。

「これから数日後、この国から全てを奪い返す作戦が実行されます。何が起こっても、あなたは何もしないでください」

「なんだと……」

「動かずじっくり、ただ見ていてください」

「ふ、ふざけているのか？　この僕に、我々が築き上げたものを奪われる様を眺めていろと？」

「元よりあなたのものじゃありませんよ？」

資源も、土地も、この国で使われる魔法技術でさえ、彼ら王族が生み出したものではない。

レイニグラン王国から卑劣な方法で奪い、魔法技術に関してはほぼすべて私が確立したものだ。

自国で生み出したものなど何一つない。

偽りの繁栄と、嘘ばかりの平和。その全てを破壊する。

「わかっているはずですよ？　今のあなたに拒否権はない。もしも邪魔をすれば、この場でさよならです」

「くっ……わかった。僕自身は何もしない。それでいいんだな？」

「はい。それで構いません」

この時、ルガルド殿下の口角が僅かに吊り上がったのを私は見逃さなかった。

よからぬことを考えているのは明白。しかしそれも計画の内だと、彼は気づけるのだろうか。

当日になってからのお楽しみにしよう。

◇◇◇

「それでは失礼します」

「……」

アリスティアが部屋から去り、一人になったルガルド王子。

彼はテーブルに視線を下げる。

「くくっ……馬鹿な奴だな」

不敵な笑みを浮かべていた。彼は今、呪いによって縛られている。

彼女の命令に逆らうことができない。

先ほども、彼女の命令に従順に従う姿勢を見せた。が、一つ大きな賭けを仕掛けていた。

「頭の回転が遅い女で助かった。おかげで僕も動ける」

何もするな、と言われている。しかし彼は明言した。

彼自身は何もしない、それで構わないなと。

この言葉には、やり取りには大きな抜け穴が存在する。彼はあえて指摘しなかった。

「僕は何もしない。そう……僕が直接事を起こさなくたってやれることは山ほどある」

彼は曲がりなりにも王子という立場にある。

その発言力、影響力は計り知れない。

彼を支持する者たちは、彼の命令を疑わない。

たとえ抽象的な説明になろうとも、漠然とした危機だろうと、彼の一声で多くの者たちが動き、備える。加えて彼は気づいていた。

気づいた上でほくそ笑んでいた。

アリスティアが呪いの発動に設定した条件の中に、彼女の願いを無視する項目は存在しない。

呪いの発動条件はあくまで二つだけ。呪いを口外すること。アリスティアの正体をばらすこと。

そして彼女自身が呪いを直接発動させるのは、一定距離まで近づく必要があることも、独自で調べて知っている。

つまり、ここで仮に彼が勝手な行動をしても、バレなければ死なないのだ。

「見ていろ……アリスティア、僕をコケにしたことを後悔させてやる」

彼は復讐に燃えていた。

自身を陥れた彼女を引きずり下ろすことを妄想する。

ここまでコケにされたことなど、彼の人生において初めての経験だった。

故に憎しみの炎は王都を燃やし尽くすほど強く、大きく膨れ上がっている。

呪いに対する恐怖より、彼女に対する怒りが勝る。

バレる前に策を組み立て、アリスティアを殺すことができれば、もはや呪いを解呪したも同然である。

暗闇の中に光明を見つけた彼は生来の図太さを取り戻していた。

まだ自分のほうが優勢であると。

頭脳で勝っているならば、彼女を出し抜くことなど造作もないと考えていた。

そう、彼はまだ侮っている。自分ならこの状況すら簡単にひっくり返せると思い込んでいる。

一度謀られた程度では考えを改めない。

痛い目を見ても、怒りで全てを忘れるほど単純だった。

故に気づかない。自身が相手にしている若き魔法使いが、その程度の策を見抜けぬはずがないことに。

所詮王子など、彼女の前では赤子同然。

すべて彼女の掌の上で滑稽なダンスを踊っているだけだということに。

◇◇◇

やることを済ませた私はレイニグラン王国に戻る。

本来ならセイレスト王国の宮廷で働いていないといけない時間だけど、その辺りも含めて愚かな王子様が上手く誤魔化しているはずだ。

多少強引な理由でも、王子である彼の言葉ならまかり通る。

「便利なものね。王子って」

傀儡《くぐつ》になった王子は嘆くしかないだろう。

今まで見下していた相手に命令され、その命令に従うしかない。

屈辱以外の何ものでもない。ただ、あの愚かな王子のことだ。

もしかすると、今頃悪だくみをしている最中かもしれないけど……。

「楽しみね」

私は不敵な笑みをこぼす。

その全部を含めて、彼に最大の屈辱を味わわせてあげる。生きていることを後悔するほどの。

王子に生まれてきたこと、これまでの横暴を悔いるといいわ。

「相変わらず悪い顔をしているね」

「――！　あなたも戻っていたのね。シクロ殿下」

突然声をかけられ少し驚く。

振り返るといつものように、胡散臭い笑みを浮かべていた。

私はムスッと顔をしかめる。

「露骨に嫌そうな顔をしないでくれないかな？　一応傷つくんだよ？」

「あらごめんなさい。気を付けるわ」

私がそう言うと、やれやれとシクロ王子は首を横に振る。

この人も一応王子様だけど、ルガルド王子とは違った意味で、今さら礼を尽くす必要はないと思っている。

現にこの態度をしても気にしていない様子だ。

これはこれで気楽でやりやすい。

後は同族嫌悪か。王子という立場でありながら単身敵国に乗り込み、復讐の機会をうかがっていた彼に、少なからず近いものを感じている。

認めたくはないけれど、彼と私は似ている部分がある。

「そっちは順調なの？」

「ああ、昨日話した通りだよ。順調に交渉は進んでる。君が人質を助けたことがかなり好印象だった」

「そう、いいことはするものね」

「まったくその通り。というわけで、もう一つくらい、いいことをする気はないかな？」

シクロ王子は胡散臭い笑みを浮かべて私に尋ねてきた。

正直面倒だなと思ったし、それが顔に出てしまった自覚もある。

彼は期待の眼差しでじっと見つめてくる。

「……何をさせる気？」

「ちょっとした技術提供だよ。君がセイレスト王国で作った生活のための魔法技術を、こちらにも教えてほしいんだ」

「ああ、そういうこと。確かあれも勝手にセイレストが自国で独占していたわね」

「そうなんだよ。我々には一切教えてくれない。君の意思でそうしているわけじゃないことは、関わってわかった。だからこうしてお願いしている」

テキトーに話しているように見えて彼は真剣だった。

私が考える以上に、セイレスト以外の国では深刻な問題なのかもしれない。

数秒考える。今回の件で味方になってくれるのなら、提供することに躊躇いはない。

ただ一点、時期が問題だ。

「それ、今すぐじゃないとダメかしら？」

「別に構わないよ。君も忙しいのは知っているから」

「そうじゃないけど。そうね、作戦が終わった後でいいなら提供するわ」

「……なるほど。何か仕掛けているんだね」

シクロ王子はニヤリと笑みを浮かべる。

私が何かを言う前に、企みを察してしまえる彼の聡明さには素直に驚かされる。

「ええ。今教えてしまうと後々大変よ」

「だったら後で構わないよ。君が何を仕掛けたのかも、見ておきたいしね」

「そうね。見てもらった後にまた聞くわ。もしかしたら、やっぱりいらないって思うかもしれないわね」

「へぇ、そのくらいか。楽しみだなぁ」

そう言って彼は笑う。

私が三年かけて積み重ね、張り巡らせた大仕掛け。

特大の花火はもうすぐ打ち上がる。私も楽しみにしている。彼らが一体、どんな風に絶望するのか。


準備は着々と進む。悪だくみも並行して進んでいるみたいだけど関係ない。

「七か国の協力は得られたぞ」

「ええ、始められるわ」

私とレオル君は執務室で顔を合わせ、力強い目で地図を見る。

ほとんどが奪われ塗り替わってしまった地図だ。今からこの地図を、本来あるべき姿へ……ううん、私たちの新しい地図へと変える。

「さぁ、心の準備はいい？」

「もちろんだ。今の俺には成功しか見えていない」

「奇遇ね。私もよ」

私たちは互いに笑みを浮かべて立ち上がる。準備は整った。必要な人材、場所、時間も揃っている。

執務室には遅れてアレクとエイミー、シクロ王子も姿を見せる。

「アリス、この作戦が無事に終わったら、君に伝えたいことがある」

「……そういうの、今言うのはよくないって聞くわよ」

「かもしれないな。でも、予約しておきたかったんだ。君に聞いてほしいから」

いつになく真剣な表情を見せるレオル君に、ただならぬ覚悟を感じた。だから私は小さく頷いて答える。

「待っているわ」

「ああ」

これでもっと失敗できなくなってしまった。

レオル君が覚悟するような何かが待っている。それを知るまでは終われない。

さぁ、いよいよだ。

「始めましょう」

世界一大きな仕返しを。

◇◇◇

ある日の早朝、セイレスト王国の国王の元に緊急の連絡が届く。

慌てて謁見を申し出てきたのは騎士団の伝達係だった。呼吸を乱し、無礼を承知で国王陛下が待つ執務室へと入ってきた騎士に、国王は眉を顰める。

「何事だ？」

「た、大変です……陛下！　反乱が起きました」

「反乱だと？　どこの馬鹿だ？」

「それが……グレスバレー王国……」

騎士が口にしたのは同盟七か国の内の一つ。

セイレスト王国と長年、同盟という名の縛りを結んだ王国だった。さすがの国王も驚きを隠せない。

「グレスバレーが裏切ったというのか？　馬鹿なことを考える。ルガルドの気まぐれで愛妾を返したことでつけ上がったか？　すぐに鎮圧しろ」

「そ、それが……反乱を起こしたのはグレスバレーだけではございません」

「何？　まだいるのか？　どこの国だ？　一つでも二つでも、我々の前では無力だというのに」

国力とはそのまま国が持つ力。セイレスト王国は全ての面で優れていた。

騎士団の規模、魔法使いの質、抱える国民の数まで。世界最高の大国と呼ばれるまでに成長している。

そんな大国に喧嘩を売るなど、どれほど愚かな行為かは明らかだった。

それ故に国王は嘲笑う。が、次の言葉を聞いても余裕が保てるだろうか？

「……全てです」

「なに？」

「七か国全てで、資源採掘場が占拠されてしまいました」

「なっ、馬鹿な！　全てだと？　しかもよりによって……」

各国にある資源採掘場は、基本的にセイレスト王国が管理している。

国の基盤である魔導技術の発展に必要不可欠な資源を、同盟国に奪われないように。

同盟国は自国の中にある資源すら満足に使えない。

全てセイレストに牛耳られていた。

「警備の兵は何をやっている！」

「そ、それは……先の襲撃があったことで人員を大幅に削減しており」

「っ……」

資源採掘場の一つがドラゴンの襲撃を受けた。

その日以来、臆病な国王は遠方の国から順に兵力を回収し、自国の防衛力強化に努めた。

さらに王都が襲撃されたことで、ドラゴンの脅威が完全になくなるまで、自国優先の警戒態勢を敷いている。

その間の各国の警備は、各々の国で対処するよう命令されていた。

同盟とは名ばかりで、セイレストをトップとする傘下の国々は、かの大国の指示を無視することができない。

セイレスト王国から派遣された兵力は最小限に留まっていた。

この体制は未だに変わっていない。故に、占拠など容易かった。

「タイミングの悪い……」

七か国全てが敵になった現状、取り戻すためには時間が必要だった。

さすがのセイレスト王国も、七か国同時に兵を送ることはできない。

兵力の分散は勝率を下げる。より確実な方法は、地理的に近い国から一つずつ着実に潰すこと。

国王は騎士に命令する。

「今すぐ大部隊を結成し、一か所ずつ対処していく。まず最も近い――」

「お待ちください父上！」

そこへ颯爽と現れたのはルガルド王子だった。

ノックもなしに入ってきた彼だが、状況故に咎められることはない。

彼は素早い歩きで国王に近づく。

「ルガルド」

「よくお考えください父上。この状況……七か国全てが突然同時に裏切るなど不自然です」

「確かにそうだが……手引きした者がいるというのか？」

「私はそう考えております。そしてこの状況、最も怪しむべきはかつての敵国」

「――レイニグラン王国か」

ルガルド王子はニヤリと笑みを浮かべる。

彼は小さく頷いた。呪いの発動条件に、レイニグラン王国の名は含まれていない。

「直ちに遠征部隊を結成せよ！　向かう先はレイニグラン王国だ！」

「はっ！」

「ありがとうございます。父上」


ルガルド王子は頭を下げる。

誰にも見えないように顔を伏せ、ニヤリと笑みを浮かべた。

手を下すのは自分ではなく国王だ。戦うのも自分ではなく、王国を守護する騎士や魔法使いたち。

自らの手は汚さない。決して彼女の前には立たない。

加えてレイニグラン王国には、長くスパイとして潜入している者がいる。かの者を利用すれば、いかにアリスティアと言えど一たまりもない。

内と外、両方からの圧力に潰されるだろう。

「さようならだな。アリスティア」

彼は誰にも聞こえない声で呟く。しかしその声をたった一人、聞いている者がいた。

「……お姉様、セイレストの軍が動きます」

「――ありがとう。あなたは待機していなさい」

「はい」

宮廷魔法使いシスティーナ。彼女はすでに、姉であるアリスティアの手足となっている。

ルガルド王子の頭には、アリスティアへの報復しかない。

それ故に抜け落ちている。裏切り者が他にもいることを。

彼女がこの地にいない時でさえ、全ての行動は筒抜けだというのに。

愚かな王子は気づかない。


最後まで。

道化のように踊り続ける。


こうしてルガルド王子の進言の下、結成された大部隊が進攻を開始する。

目指すはレイニグラン王国。ルガルド王子にはその呪いにより、彼女の存在を伝えることができない。ドラゴンを撃退した新人魔法使いが敵であることも知らせていない。

兵力の差は歴然だと誰もが思い込む。

ルガルドは彼らの心理も上手く利用していた。知らないほうが士気が上がることもあるのだ。

さらにもう一つ、先手を打つ。

彼は特殊な魔導具を使い、遠方の相手に連絡をしていた。

「聞こえるか？　カリブ」

「――はい。何でしょうか？　殿下」

「予定を早める。国王と王子、可能なら宮廷魔法使いを抹殺しろ。これから大きな戦闘が起こる。その混乱に乗じてやるんだ」

「かしこまりました」

レイニグラン王国には医者としてカリブが紛れ込んでいる。

未だ気づいていないということは、彼の偽装にアリスティアも気づけていないということ。

上手く立ち回ればカリブが彼女を殺す。その時点で彼の安全は確かなものとなるだろう。

「くくっ、これで僕も――」

「残念ね、ルガルド殿下」

「なっ……」

「絶望をプレゼントしに来たわよ」

驚愕する彼の前に、私は不敵な笑みを浮かべて現れる。

驚いたことでしょう。

完璧なタイミングだと思ったから、私は転移の魔法で駆けつけた。今しかないと思えるほどに、彼は笑みをこぼしていた。

その笑みが驚きと焦りに一瞬で変わる。

「滑稽ですね」

「くっ……なぜここに？　見ての通り何もしていないよ。軍が動いているようだけど、あれを指示したのは父上だ。君のことも当然話していない」

「レイニグラン王国を標的にしているようですね」

「普通に考えれば誰でもわかる！　こんな状況、裏でどこかが手を引いていることはね？　父上は聡明なお方だ。自力で気づいても不思議じゃない。まさか止めなかったからダメなんて言わないでくれよ？　指示通り何もしなかったんだから」

彼は焦りながら必死に言い訳を口にする。

早口で唾を撒《ま》き散らし、何度も視線を逸らしながら熱弁する。これで誤魔化せると思っていることが浅はかだ。私は呆れてため息をこぼす。

「こ、こんなところにいていいのかな？　あの軍は君の国を襲うために出発するんだぞ？」

（くそっ……いや好都合か。今のうちにカリブが国王たちを暗殺すれば……）

「レイニグラン国王の呪いなら解呪されましたよ」

「――――は？」

ルガルド王子はキョトンとマヌケな顔をする。

哀れな王子は気づいていなかった。さっきまで話していたカリブ医師は、私が声を合わせただけの偽者だということに。

何もかも筒抜けだったことに。

「な、何を……」

「あなたの大切なご友人なら先に旅立たれました。悲しい思いをしてほしくなかったので彼のフリをして話しましたが……無用な心配だったようですね」

「く、また僕を騙して……」

「あなたの考えは浅すぎる。計画というものは、もっと入念に、誰にも気づかれず行うものですよ？　たとえばこんなふうに」

私はぱちんと指を慣らす。

じりじりと電流の音がして、ルガルド王子も違和感を覚える。

「な、何をした？」

「外をご覧ください」

私は窓の外を指さす。慌てて殿下は窓へと駆け寄り、外を確認した。

「こ、これは……結界？」

「はい、結界です。もちろん王都を守るためのものではありません」

大結界が王都を包み込んでいる。

内外の出入りを完全に封じ、発動者である私以外には解除できない。これが第一段階。

「時に殿下、この国で使われている魔導具の基盤を作ったのは誰でしょう?」

「それは……」

視線が私に向けられる。

「そう、私です。魔導具に使われている魔法式も、軍用の魔法も、何もかも私が作ったものに一新されています」

つまりこの国は、私の魔法で繁栄してきた。だからその繁栄を、私自身の手で終わらせる。

これこそ私が仕掛けた大きな花火。

「――リジェクト」

王都を覆う結界に魔法陣が浮かび上がる。直後、王都のあらゆる場所で異変が起こる。

明かりが消え、水が止まり、空調も停止した。当然、王城でも同様の異変が起こる。

「なんだ?」

「今、この瞬間をもって私が作った魔法の全てを阻害しました」

「な、何を言っている?」

「魔導具に刻まれていた式を破壊したんです。これでもう、今ある魔導具は何の効果も発揮しないガラクタになりました」

ルガルド王子は驚き過ぎて口を開きっぱなしにする。マヌケな表情を見せる彼に、わかりやすく教えてあげる。

「この国で私が広めた魔法には全て、私だけが制御できる式を組み込んでいたんですよ。たとえば今みたいに、魔法式を破壊したり、一時的に使用できなくするように」

「ば、馬鹿な！　そんな君に都合のいいことができるものか！」

「できるから私はここにいるんです」

「くっ……」

悔しそうに唇を噛み締めるルガルド殿下は、壁にかけられた飾りの剣に視線を向ける。

ニヤリと彼の口元が笑う。

「君が作った魔法を封じるなら、今の君自身も無力だろう！」

瞬時に駆け出し、殿下は飾りの剣を取る。

飾りでも刃はついている。斬られれば致命傷となるだろう。狂気に満ちた表情で剣を構え、彼は私に向かって振り下ろす。

「消えろおおおおおおおお！」

が、彼の刃は届かず防がれる。

透明な魔法の結界に。

「なっ、なぜ魔法が……」

「本当に愚かですね」

私は風圧で彼を吹き飛ばす。ここで作った魔法式は使えなくなるだけで、それ以外は関係ない。

何より、自分で自分の策にハマるなんて愚かなことを、私がするわけがないのに。

「ぐっ、あ……」

壁にぶつかり剣を手放し、床にしゃがみ込む殿下に、私はゆっくり歩み寄る。

彼は涙目で上を見上げ、私と目を合わせた。

「お仕置きの時間ですね」

この瞬間をずっと待っていた。

怯える彼に歩み寄る。彼は下がろうとするけど、後ろはもう壁だ。

「な、何をする気だ……」

「あなたは私に危害を加えようとしました。だからお仕置きします」

「ふざけるな！　こんなことをしてただで済むと思っているのか！　僕は王子だぞ！」

「だから？」

激昂する彼に、私は静かに首を傾げる。

王子だから何？

ただじゃ済まないのは自分のほうだと、まだ理解できていない。人間は追い込まれるほどその素が出るものだ。つまり、この愚かさこそがルガルド王子の本質だったということか。

「そんなあなたにピッタリなお仕置きを用意してあげる」

「ぼ、僕を殺す気か」

「私はしないわ。ただ、周りがどうするか決めるでしょうね」

「ま、周りだと？」

私は笑みを浮かべる。一つだけ、呪いに関して嘘をついた。

発動すれば死ぬ呪いだと。

そうじゃない。私が仕掛けた呪いは、愚かな彼に最大の罰を与えるものだ。

今ここで、その効果を発揮する。

「ぐ……こ、これは……」

「呪いを発動させました」

彼は苦しみ出す。

胸を押さえて痛そうだ。けれど死んだりはしない。胸の痛みも苦しみも、すぐに治まる。

「な、なんともない？　ふははははっ！　不発だったみたいだな！」

「――いいえ、ちゃんと発動しましたよ？」

「どこがだ？　僕はこうして生きて」

「私が殺したのはあなたじゃなくて、あなたの未来ですから」

私はニコリと微笑む。そろそろやってくる。

ドタバタと、荒々しい足音が近づき、豪快に部屋の扉を開けた。

「ルガルドはいるか！」

「父上！」

現れたのは国王陛下と数名の騎士たちだった。

酷く怒っている。息子が危険に晒されているからか？

ルガルド王子はそう思い、勝ち誇ったような表情で私を見る。

「これで君は世界の敵だ」

「――ふふっ、それはあなたですよ」

「なにを――」

「ルガルドを拘束しろ！」

「なっ、父上!?」

騎士たちがルガルド王子を組み伏せ拘束する。

咄嗟のことで殿下も困惑する。何が起こっているのかわからない。

捕えられた殿下を見下ろしながら、国王陛下は怒りを露にする。

「失望したぞルガルド……まさかお前が、この国を乗っ取ろうとしていたとはな！」

「なっ、何を言っているのですか！」

「惚けるな！　お前の甘言で七か国をたぶらかしたのだろう？　全てわかっているのだ！」

「――ふふっ」

私が仕掛けた呪いは、彼に対して発動したわけじゃない。

この結界にいる人々に効果は発揮される。発動したのは、特大の幻術。偽りの記憶を植え付ける。全てを企み実行したのは、ルガルド殿下であると。

「違います父上！　僕ははめられたんです！　そこの魔女に！」

「何を言っている？　誰もいない場所を指さして！」

「――！」

そう、皆に見えているのは殿下だけだ。

私の笑みも、企みも、声も届いてはいない。

傀儡は、殿下だけじゃなかった。この国全てが、私の操り人形となる。

「さようなら、殿下、殿下。いいえ……可哀想な罪人さん」

「くそがあああああああああああああああああ」

三年以上かけた復讐劇。私と、レオル君と、レイニグラン王国の皆が望んだ光景。下品で哀れな叫び声を聞きながら。

これにて閉幕。

そして――

◇◇◇

全てが終わった。何もかもを取り戻し、世界は安定する。

私は一人、王城のベランダから外を見ていた。

そこへ彼がやってくる。

「何を見ているんだ？」

「空と街……かしら」

「何を思っていたんだ？」

「平和になったわね。それだけよ」

「そうか」

彼は笑う。風が吹き、互いの髪が靡く。

「順調かしら？」

「おかげさまで。そっちも忙しいだろ？」

「そうね。たくさん戻ってきちゃったみたいだし、宮廷魔法使いとしてやることが山積みよ」

三か月が経過していた。

七か国から資源採掘場は返還され、各国の首脳と会談した結果、共同で使っていくことで決まった。

どこかの国と違って、私たちは他国とも友好な関係を築きたい。

それはレオル君と、国王陛下の願いだ。

「この調子なら、父上にもいい景色が見せられそうだな」

「もう十分いい景色だと思うわよ？」

「まだまだ。やっとスタートラインに立ったばかりだよ」

「頑張るわね。レオル君……ううん、もう陛下と呼んだほうがいいかしら？」

「やめてくれ、むず痒い。今まで通りで構わないよ」

ちょうど二か月前だ。彼は正式にレイニグランの国王に就任している。

病弱な自分では国をまとめられないと、前国王自らがレオル君に託した。

今はレオル殿下ではなく、国王陛下という立場となったわけだけど……。

「そういえばさっき、シクロ殿下が来ていたな」

「ええ、また求婚されたわ」

「やっぱりか」

「困ったものね」

あの一件が落ち着いてから、シクロ王子が私を婚約者に指名するという大きな出来事があった。

いつの間にか彼に気に入られてしまったらしい。今のところ私は断っているのだけど……。

「諦めてくれないわね」

「相当惚れ込んでいるみたいだったからな、君に」

「どこがいいのかしら」

「自覚なしか。君らしい」

彼は隣で呆れたように笑う。

そのまま呼吸を整えて、私のほうに身体を向ける。

「俺も困らせていいか？」

「え？」

いつになく真剣に私を見つめる。自然と私も、彼のほうへと身体を向ける。

「俺も、君を婚約者にしたいと考えている」

「――レオル君、も？」

「ああ」

頷く彼に、私は尋ねる。

「ひょっとして、伝えたいことってこれだった？」

「そうだ。君に伝えたかった」

レオル君は少し頬を赤くして言った。私は強く鼓動を打つ胸に手を当てながら、レオル君に尋ねる。

「どうして？」

「あのなぁ……」

大きくため息をついた彼は、呆れた笑顔で私に言う。

「これだけ長く一緒にいて、いろいろ乗り越えてきたんだ。好きにならない理由がどこにある？」

「――！」

この時初めて、彼からの好意を知った。

心からマヌケだと思う。他人を疑ってばかりの私は、こんなに近くにいたのに、彼の好意に気づけなかった。

そして、自分の心にも。

「私みたいなスパイを近くに置いたら、心がすり減るわよ？」

「今さらだ。君が俺を裏切らないことくらい、ずっと前から知っているよ」

「……そうね」

私は誰も信じていない。心から気を許せる相手なんていなかった。

ただ一人、彼を除いて。そう決めた時点で、私の心は決まっていたのだろう。

きっと初めて出会った時からずっと……。

私の心に、彼は潜り込んでいたみたいだ。

あとがき

初めまして皆様、日之影《ひのかげ》ソラと申します。まずは本作を手に取ってくださった方々への感謝を申し上げます。

母親がスパイだったことで虐げられてきた主人公が、隣国の王子と信じられる仲間と共に奮闘し、大国を欺き奪われたものたちを取り戻す物語でしたが、いかがだったでしょうか？

少しでも面白い、続きが気になると思って頂けたなら幸いです。

不遇のまま追放されてしまったかと思いきや、それは全て計画通り。実は敵国のスパイであり、かつて奪われたものを取り戻すために協力していたという、少し変わった異世界令嬢作品になります。

相手を騙したり嘘をつくことは、基本的にはよくないことですが、守りたいものがハッキリしていて、そのために必要な行為なら、たとえ許されなくとも突き進むことが格好いいと思います。

もちろん、誠実さは大事ですけどね！

最後に、素敵なイラストを描いてくださった天領寺《てんりょうじ》セナ先生を始め、書籍化作業に根気強く付き合ってくださった編集部のTさん。WEBから読んでくださっている読者の方々など。本作に関わってくださった全ての方々に、今一度最上の感謝をお送りいたします。

それでは機会があれば、またどこかのあとがきでお会いしましょう！

ファンレターはこちらの宛先までお送りください。

〒110-0015　東京都台東区東上野2-8-7
笠倉出版社　Niμ編集部

日之影ソラ 先生／天領寺セナ 先生

妹に婚約者を奪われた伯爵令嬢、実は敵国のスパイだったことに誰も気づかない

2024年7月1日　初版第1刷発行

著者
日之影ソラ

発行者
笠倉伸夫

発行所
株式会社　笠倉出版社
〒110-0015　東京都台東区東上野2-8-7
[営業]TEL　0120-984-164
[編集]TEL　03-4355-1103

印刷
株式会社　光邦

装丁
AFTERGLOW

ISBN　978-4-7730-6442-1
Printed in Japan